해상화열전

해상화열전 5 (큰글씨책)

초판 1쇄 발행 2019년 7월 22일

지은이 한방경
옮긴이 김영옥
펴낸이 강수걸
편집장 권경옥
펴낸곳 산지니
등록 2005년 2월 7일 제 333-3370000251002005000001호
주소 부산광역시 해운대구 수영강변대로 140 BCC 613호
전화 051-504-7070 | 팩스 051-507-7543
홈페이지 www.sanzinibook.com
전자우편 sanzini@sanzinibook.com
블로그 sanzinibook.tistory.com

ISBN 978-89-6545-617-9 04820
978-89-6545-612-4 (세트)

* 책값은 뒤표지에 있습니다.
* 이 도서의 국립중앙도서관 출판예정도서목록(CIP)은 서지정보유통지원시스템 홈페이지(http://seoji.nl.go.kr)와 국가자료공동목록시스템(http://www.nl.go.kr/kolisnet)에서 이용하실 수 있습니다.(CIP제어번호: CIP2019026927)

큰글씨책

해상화열전

海上花列傳

5

한방경 지음 · 김영옥 옮김

산지니

일러두기

1. 이 번역은 한방경(韓邦慶) 저, 『해상화열전(海上花列傳)』[北京: 人民文學出版社, 1999]을 완역한 것이다.
2. 아울러 장아이링(張愛玲) 주역본 『海上花開』, 『海上花落』[哈爾濱: 哈爾濱出版社, 2003], 영어 번역본 Ailing Zhang, Eileen Chang, Eva Hung 역, 『The Sing-Song Girls of Shanghai』[New York: Columbia Univ Press, 2005], 일본어 번역본 太田辰夫 역, 『海上花列傳』[東京: 平凡社, 1969]을 참고하였다.
3. 소설에 등장하는 인명과 지명 등은 모두 한글 한자음을 표기하였다. 다만 해제에서는 1911년 신해혁명을 기준으로 이후 생존 인물은 국립국어원 중국어 표기법에 따랐다.
4. 책의 서두에 한방경의 자서를, 말미에는 후기를 부록으로 붙여 독자들의 이해를 돕고자 했다.
5. 본문 중 각 회마다 사용된 삽화는 장아이링 주역본 『海上花開』, 『海上花落』[北京: 北京出版社, 2010]과 1894년 석인초간 영인본 『海上花列傳』(『古本小說集成』, 上海古籍出版社, 1994)에 실린 공개된 삽화를 다듬어 사용하였다.
6. 책 제목은 『 』, 시는 「 」, 희곡, 노래 제목 등은 〈 〉로 표시하였다.
7. 장아이링 주역본과 영어 번역본에 빠져 있는 시, 문장 등은 저본에 따라 충실히 빠짐없이 번역하였다. 특히 장아이링 주역본, 영어 번역본뿐 아니라 저본에도 빠져 있는 제51회 「예사외편(穢史外編)」은 『해상화열전 하』[湖南: 岳麓出版社, 2005]에 실린 원문에 따라 독자의 이해와 원전의 의미를 살려 모두 번역하였다.
8. 주석은 저본의 주석과 기타 문헌을 참조여 각 회의 말미에 실었다. 장아이링 주역본의 주석은 [장]으로 표기하고 일본어 번역본의 주석은 [일]이라고 표기하였다. 역자 주석은 따로 구별해 밝히지 않았다.
9. 본문에서 처음 나오는 인명, 지명, 특징적 사물에는 한자를 병기하였다. 그리고 시(詩), 사(詞), 곡(曲) 등 문학작품과 성어(成語), 역자 주 내용, 동음이의어 등에도 필요하다고 판단되는 부분에 역시 한자를 병기하였다.

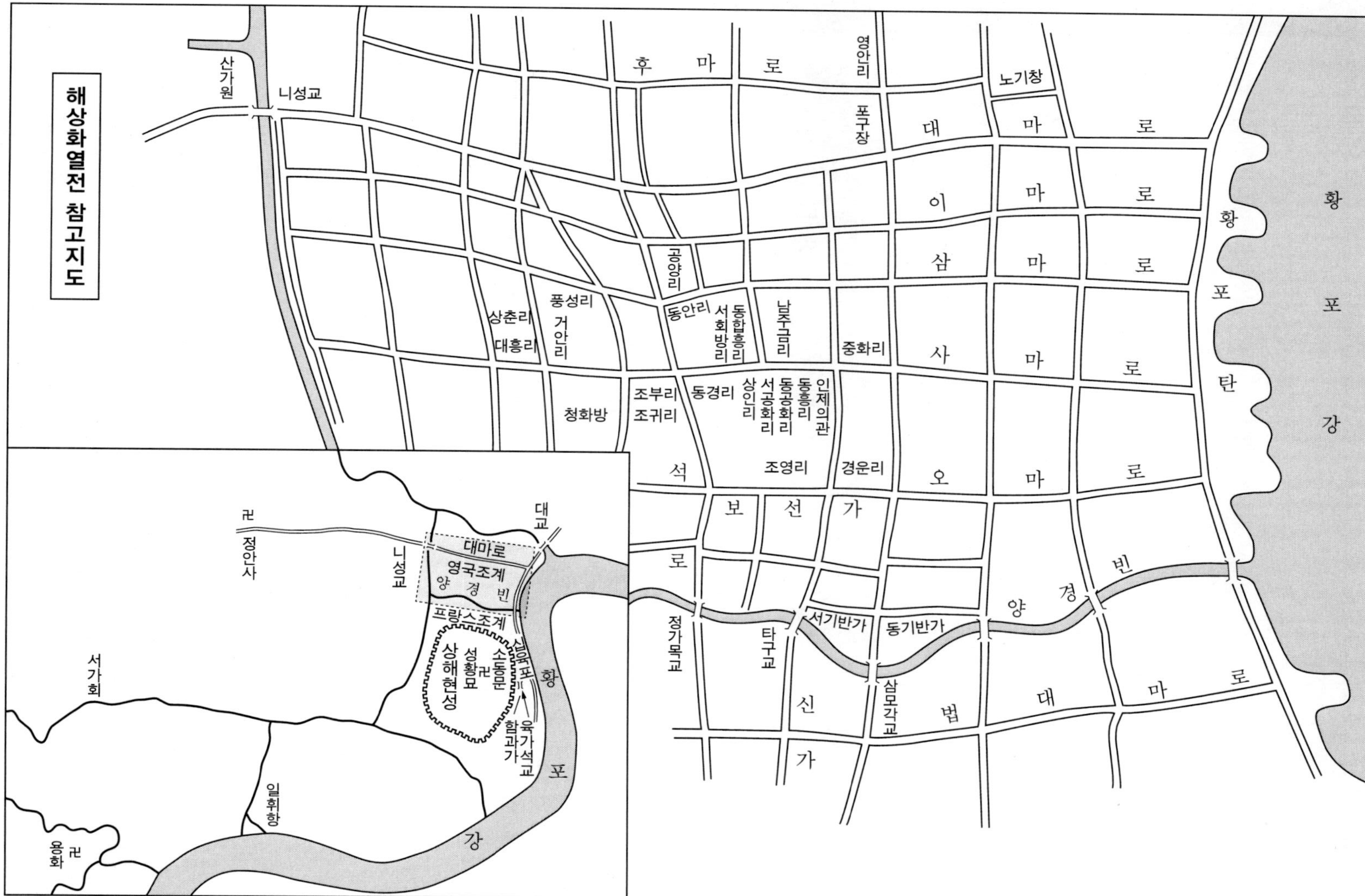
해상화열전 참고지도
산가원
니성교
후마로
영안리
노기창
폭구장
대마로
이마로
삼마로
사마로
오마로
공양리
풍성리
상춘리
대흥리
거안리
동안리
서회방리
동합흥리
남주금리
중화리
조부리
조귀리
동경리
청화방
상인리
서공화리
동공화리
동흥리
인제의관
조영리
경운리
석보선가로
황포탄
황포강
양경빈
정가목교
타구교
서기반가
동기반가
삼모각교
신가
법대마로
대교
대마로
영국조계
니성교
정안사
프랑스조계
상해현성
성황묘
소동문
십육포
육가석교
함과가
서가회
일휘항
용화
황포강

차례

44

난봉꾼을 속이려고 노래 한 곡으로 올가미를 걸고, 탐욕자를 징벌하려고 몸값 천금으로 약점을 잡다

賺勢豪牢籠歌一曲 懲貪黷挾制價千金

고아백과 윤치원은 도운보를 보자 이수방의 일을 물었다. 운보는 간단하게 이야기해주었다. 윤치원은 도옥보가 건넛방 담여연의 방에 있다는 것을 알고 아주머니에게 특별히 모셔오라고 했다. 도옥보는 이완방을 데리고 장수영의 방으로 건너와 인사를 했다. 그가 자리에 앉자 고아백은 도옥보에게 아무쪼록 식사를 거르지 말고 몸을 챙기라고 당부하고 윤치원은 담담하게 몇 마디로 위로하였다. 사실 옥보는 이런 말들이 나올까 가장 걱정했는데, 순간 자기도 모르게 정신이 아득해졌다. 도운보는 화제를 돌리려고 황급히 물었다.

"전날 밤 『사서』 주령은 계속 했었나?"

윤치원이 말했다.

"요 며칠 동안 주령이라는 주령은 다 했네. 자네가 하나 내보겠나?"

고아백이 말했다.

"어제는 용지 선생이 낸 『사서』 주령이 좋았어. 그 묘미가 말이야 어렵지도 쉽지도 않고, 적지도 많지도 않은 데 있었지. 여섯 개 탁자에 스물네 명의 손님이 둘러앉아 스물네 개의 산가지를 내었다네."

운보는 격식을 물었다. 그러자 아백이 치원을 가리키며 말했다.

"저 사람에게 물어보게. 원고를 가지고 있을 거야."

윤치원이 말했다.

"가지고 왔는지 모르겠군. 어디 찾아볼까."

치원은 가죽 책자를 가져와 열어보았다. 마침 안에 주령이 적힌 시전(詩箋)[1] 세 장이 있었다. 치원은 그것을 꺼내 운보에게 건네주었다. 운보는 시전에 적힌 주령을 보았다.

평상입거 천자일위 平上入去 天子一位

평거입상 은감불원 平去入上 殷鑑不遠

평입거상 희살기명 平入去上 牲殺器皿

평상거입 능자재직 平上去入 能者在職

평거상입 충신중록 平去上入 忠信重祿

평입상거 언필유중 平入上去 言必有中

상평거입 사민전율 上平去入 使民戰慄

상거평입 호표지곽 上去平入 虎豹之鞟

상입평거 오십이모 上入平去 五十而慕

상평입거 담이불염 上平入去 淡而不厭

상거입평 관중득군 上去入平 管仲得君

상입거평 미목반혜 上入去平 美目盼兮

거평상입 비제초목 去平上入 譬諸草木

거상평입 방음류철 去上平入 放飯流歠

거입평상 대학지도 去入平上 大學之道

거평입상 원무벌선 去平入上 願無伐善

거상입평 호용질빈 去上入平 好勇疾貧

거입상평 진불은현 去入上平 進不隱賢

입평상거 약시우강 入平上去 若時雨降

입상평거 소은행괴 入上平去 素隱行怪

입거평상 백세지하 入去平上 百世之下

입평거상 홀언재후 入平去上 忽焉在後

입상거평 혹감모요 入上去平 或敢侮予

입거상평 약성여인 入去上平 若聖與仁

다 읽고 난 운보는 한참 생각하다가 말했다.

“이렇게 스물네 구를 합쳐놓긴 했는데『사서』에 나오는 문장인지는 모르겠는걸."

윤치원은 시전을 정리하면서 대답했다.

"있기야 있지. 하는 게 좀 번거로워서 그렇지."

고아백이 말했다.

"할 수만 있다면야 최고의 놀이지. 나 혼자서는 생각할 수도 없어. 문장을 많이 생각하고 있지만 틀릴 거야. 자네들도 틀린 문장이 많아. 그러니 자네 문장은 틀리고 내가 맞다고 누가 말한다면 내 문장이 어째서 맞는 것인지 자네가 어떻게 알겠나."

도운보는 고개를 끄덕이며 미소를 지었다.

주령을 비평하는 동안 도옥보는 이완방과 함께 슬그머니 일어나 다른 사람들을 피해 담여연의 방으로 가서 조용히 앉아 있었다. 여연은 아주머니에게 그들의 시중을 들라고 했다. 고아백은 나지막한 목소리로 도운보에게 말했다.

"자네 동생 얼굴이 까칠하니 잘 타일러서 몸을 챙기라고 하게."

윤치원이 이어서 말했다.

"일립원에 데리고 가서 한 며칠 쉬면서 기분전환 시켜주지 그래?"

운보가 말했다.

"그렇지 않아도 내일 가려고 했네. 요 며칠 나도 통 재미가 없었거든."

치원은 잠시 생각하더니 장수영에게 술자리를 마련하라고 한 뒤 다시 말했다.

"오늘은 내가 먼저 옥보를 초대하겠네. 이렇게 모이기도 쉽지 않고 다들 애인들도 함께 있으니. 딱 여덟 명, 탁자 하나야."

운보가 말리려고 하는데 수영이 벌써 명을 받들고 남자 하인에게 음식을 주문하라고 했다. 요문군이 일어서며 말했다.

"우리 집에 당희[2]가 있어서 잠깐 다녀오겠어요."

고아백은 빨리 돌아오라고 당부했다. 문군은 작별인사를 하지 않고 나갔다.

노을빛은 흩어지고 저녁색이 창연하였다. 요문군은 아래층으로 내려가 가마를 타고 곧장 사마로를 지나 동합흥리 집으로 돌아왔다. 대문을 들어서며 이 층 응접실을 올려다보니 등불에 비쳐 사람들의 그림자가 흔들거렸다. 방은 사람들로 가득 차 있고 악기 소리가 '쟁쟁' 울렸다. 문군은 뇌공자(賴公子)가 왔다는 것을 알고 깜짝 놀랐다. 먼저 뒤쪽 작은 방으로 가서 기생어미 대각요(大脚姚)를 만나 자라[3]를 초대했다고 원망했다. 대각요가 말했다.

"누가 불렀냐? 제 발로 찾아왔지. 술 마신다고 하는데, 어떻게 돌려보내?"

문군은 마지못해 술자리로 가서 임기응변으로 넘겨볼 작정이었다. 마침 계단을 올라가는데 아주머니가 미리 알렸다.

"문군 선생 오셨습니다."

순간 응접실 안에서 아첨꾼들이 바람이 파도를 밀듯이 쏟아져 나와 그녀를 둘러싸고 날뛰며 기뻐했다. 문군은 몸을 곧게 세우고 두 눈을 부릅떴다. 그러자 아첨꾼들은 함부로 말을 지껄이지 못하고 몇 마디만 했다.

"도련님이 한참 기다렸습니다. 어서 오십시오."

한 아첨꾼이 앞으로 나와 문군을 위해 길을 열어주었다. 다른 아첨꾼은 뇌공자 뒤에 의자를 놓으며 앉게 하였다.

그러나 뇌공자는 그가 부른 여덟아홉 명의 기녀들로 둘러싸여 있어서 들어갈 수 없었다. 그래서 문군은 의자를 아예 멀찍이 놓고 앉았다. 뇌공자는 두리번거리다 문군을 발견하고 위아래로 훑어보았다. 문군은 무릎과 발을 가지런히 모으고 손을 단정히 하고 앉아 꼼짝하지 않았다. 뇌공자 역시 어떻게 할 수 없었다. 문군은 뇌공자가 앉은 주인 자리의 상석에 두 명의 손님, 바로 나자부와 왕연생이 앉아 있는 것을 보고 조금 용기가 생겼다. 나머지 스무 명이 넘는 사람들은 부랑자 같은 사람들로, 모두 자리에 앉지 않고 여기저기 흩어져 서있었다. 그들은 뇌공자가 데려온 아첨꾼들이었다.

그때 한 아첨꾼이 문군에게 다가와 몸을 숙이고 어깨를 쫑긋 세우며 물었다.

"어떤 걸로 하시겠어요? 말씀하시죠."

문군은 속으로 공연이 끝나면 다른 술자리 핑계를 대고 빠져나갈 수 있을 거라 생각하고 〈문소관(文昭關)〉[4]을 하겠다고

第四十四回
二十二

했다. 그 아첨꾼은 옥구슬 같은 목소리를 고대하고 있었던 터라 얼른 뇌공자에게 가서 문군이 〈문소관〉을 한다고 전하며 줄거리도 이야기해주었다. 또 다른 아첨꾼 한 명이 문군을 재촉하자 문군은 무대 뒤로 가서 분장을 했다.

앞의 공연이 끝나자 문군이 의상을 갈아입고 무대에 올라왔다. 문군의 공연이 시작하기도 전에 아첨꾼 하나가 흥이 나서 '좋아' 하고 소리를 질렀다. 그러자 여기저기서 '좋아! 좋아!' 하는 바람에 하늘이 무너지고 땅이 꺼지고 바다와 강을 휘젓는 듯 시끄러워졌다. 왕연생은 조용한 분위기가 익숙한 사람이라 두통이 벌써 심해지고 나자부도 호쾌한 사람이지만 이런 난장판은 참기 힘들었다. 뇌공자만 배를 두드리며 크게 웃고 아주 만족스러워서 노래가 끝나기도 전에 심부름꾼에게 상금을 뿌리라고 했다. 심부름꾼은 은화를 광주리에 부어 담고 뇌공자에게 보여주고 나서 무대를 향해 뿌렸다. 반짝이는 은화가 짜랑짜랑 소리를 내며 무대 가득 어지러이 흩어졌다. 무대 아래에서 아첨꾼들이 또 일제히 환호했다.

문군은 뇌공자가 호심탐탐 자신의 욕심을 채우려 한다는 것을 알고 순간 조급해졌다. 그런데 오히려 그 조급함 때문에 묘책이 떠올랐다. 그 자리에서 문군은 최선을 다해 노래를 부르고 무대에서 내려와 아주머니를 무대 뒤 분장실로 불러 몰래 의논을 하였다. 그런 다음 분장을 지우고 나오며 웃음을 머금고 자리로 갔다. 느닷없이 뇌공자가 한 손으로 문군을 끌어당기며 안았다. 문군은 황급히 밀치고 일어서며 짐짓 화가 난 척하고 다시 뇌공자의 어깨에 매달려 조용히 속삭였다. 뇌공자는 연신 고개를 끄덕이며 말했다.

"알았어."

이어 문군은 술병을 들고 나자부와 왕연생에게 올리고 뇌공자의 입에 술잔을 갖다 댔다. 그러자 뇌공자는 한입에 홀짝 마셨다. 문군은 '짝을 만들어야죠.' 하며 또 한 잔을 올렸다. 뇌공자는 그 말에 또 잔을 비웠다. 문군은 그제야 물러나며 자리로 돌아가 앉았다.

뇌공자는 문군 때문에 발동이 걸려 공연은 보지 않고 엉덩이를 옮기며 문군 가까이 바짝 붙어 입을 벌리고 히죽거렸다. 그러나 함부로 수작은 피우지 못했다. 문군은 일부러 장난을 치며 친밀하게 굴었다. 나자부와 왕연생은 모두 의아해하고, 더욱이 아첨꾼은 전혀 눈치를 채지 못하고 진심으로 문군이 비위를 맞춘다고 생각했다. 잠시 후, 갑자기 남자 하인이 큰 소리로 말했다.

"술자리가 있습니다."

아주머니가 큰 소리로 물었다.

"어디야?"

"노기창입니다."

아주머니는 문군에게 말했다.

"잘됐네요! 술자리 세 군데도 아직 못 갔는데 노기창에서도 부르네요."

문군이 말했다.

"노기창 쪽은 밤새도록 마시니까 늦게 가도 괜찮아."

아주머니가 큰 소리로 알려주었다.

"간다고 전해라. 그런데 세 군데 먼저 돌고 간다고 해."

남자 하인이 대답하고 내려갔다. 뇌공자는 그들의 대화를 듣고 걱정이 되어 문군에게 물었다.

"정말 나갈 거냐?"

"가짜로 나가는 것도 있어요?"

뇌공자의 표정이 시무룩해지는 것 같았다. 그러나 문군은 모른 체하며 다시 뇌공자에게 조용히 속삭였다. 뇌공자는 또 연신 고개를 끄덕이고 나서 문군에게 재촉했다.

"그러면 어서 가봐."

"괜찮아요. 서두를 필요는 없어요."

잠시 후, 남자 하인이 등롱을 들고 주렴 아래에서 기다리고 있었다. 아주머니는 비파와 은으로 만든 물담뱃대를 남자 하인에게 건네주었다. 뇌공자가 다시 한 번 더 재촉하자 문군이 화를 냈다.

"괜찮다니까요. 제가 싫증난 거예요?"

뇌공자는 심장이 두근거렸다. 가까이 다가가서 만지고 싶었다. 그런데 괜히 그렇게 했다가 질타를 당하면 보기 좋지 않다고 생각되어 참았다. 문군은 떠나갈 때 뇌공자의 귀에 대고 소곤거렸다. 뇌공자는 연신 고개를 끄덕였다. 아첨꾼들은 눈을 휘둥그레 뜨고 요문군이 유유히 떠나가는 것을 바라보고만 있었다. 나자부와 왕연생은 그제야 문군이 꾀를 내어 빠져나간다는 것을 알고 속으로 탄복했다.

그러나 뇌공자는 개의치 않고 술을 마시며 공연을 보았다. 그래도 여흥이 가시지 않았다. 아첨꾼 몇 명이 모여 시시콜콜 죄다 따져보더니 그중 한 명을 밀며 뇌공자에게 요문군을 놓아준 이유를 물어보라고 했다. 뇌공자가 대답했다.

"내가 가라고 했으니 상관하지 마."

아첨꾼은 말없이 물러났다.

나자부와 왕연생은 네 번째 요리가 올라오자 다음 약속을 잡고 작별인사를 했다. 뇌공자는 손님을 맞이하는 것도 배웅하는 것도 할 줄 모르는 사람이라 가만히 있었다. 두 사람은 아래층으로 내려와 각자 가마에 올랐다.

왕연생은 오마로 공관으로 돌아가고 나자부는 혼자 상인리 황취봉의 집으로 갔다. 소아보가 나자부를 이 층 방으로 모셨다. 황취봉과 황금봉은 모두 술자리에 나가고 없었다. 황주봉이 살랑거리며 와서 시중을 들었다. 기생어미 황이저도 이 층으로 올라와 인사를 하고 나자부와 이야기를 나누었다. 그러다 보니 그다지 적적하지 않게 시간을 보내었다. 황이저가 자부에게 물었다.

"취봉이 속신해서 나간다고 하는데, 아무 말 하지 않던가요?"

"말이야 하긴 했는데 안 될 것 같다고 하던데."

"안 될 것 같은 게 아니지요. 그 애들은 속신하고 싶어도 말하지 않아요. 말을 했다 하면 항상 안 될 것 같다고 말하죠. 아니면 제가 놔주지 않는대요? 전 그 애가 일하는 걸 원하지, 그 애를 원하는 게 아니에요. 만약 그 애가 속신하려고 하다가 잘 안 되면 당연히 일하는 것도 흥이 나질 않을 텐데 차라리 속신해서 나가는 게 낫지 않겠어요?"

"그러면 왜 안 된다고 했을까?"

황이저가 한숨을 쉬었다.

"그 애를 나무라는 게 아니지만 취봉은 정말 사람을 잘 갖고 놀아요! 제가 기루를 열고 예닐곱 살도 안 되는 여자 아이들을 사들였죠. 그리고 열여섯 살까지 키우고 나서 일을 시켰어요. 먹고 입는 비용은 놔두더라도 이것저것 제대로 가르쳐야 할 게 많아요. 나 나리, 생각해보세요. 얼마나 많은 정성을 쏟아야겠어요? 장사는 말할 필요도 없지요. 장사를 못하면 본전이나 날리고 그렇다고 괜히 전전긍긍해봐야 방법이 없어요. 정말 운도 좋고 인물도 괜찮아야 그나마 장사가 잘 되지요. 열 명을 사들여 왔는데, 아홉이 제대로 못하고 한 명이 잘하면 지금까지 들어갔던 본전을 그 한 명에게서 뽑아내야 한다는 거죠. 나 나리, 안 그래요? 지금 취봉이 속신해서 나가겠다고 하면서 글쎄, 들어올 때 몸값이 백 원이었다고 열 배 쳐서 천 원을 주겠다고 하잖아요. 나 나리, 단순히 들어올 때 몸값에 비할 수 있다고 생각하세요?"

"천이라고 말했는데 자네는 얼마를 원하는가?"

"저도 양심이 있는 사람입니다. 찻집으로 가서 사람들에게 물어볼까요. 절기마다 그 애 장부만 해도 천은 되고, 손님들이 주는 물건이나 따로 그 애에게 주는 돈들은 계산하지 않아도 그 애 몸값으로 삼천은 겨우 일 년치 돈밖에 안 돼요. 그 애는 나가서도 장사를 잘하겠지요. 나 나리, 제 말이 맞잖아요?"

자부는 깊은 생각에 빠져 아무 말도 하지 않았다. 그때 주봉은 벽에 있는 교의에 앉아 꾸벅꾸벅 졸고 있었다. 황이저가 쏘아보며 달려가서 마구 때렸다. 주봉은 앞으로 꼬꾸라져도 깨지 않고 바닥에서 두 손을 허우적거리고 있었다. 그러자 자부가 웃으며 물었다.

"뭐하고 있어? 뭐 해?"

자부가 계속 묻자 주봉은 겨우 핑곗거리를 찾아 말을 뱉었다.

"뭘 잃어버렸어요!"

황이저가 손을 들어 올리더니 더 세게 다시 내려쳤다.

"네 정신을 잃어버렸겠지!"

그제야 주봉은 잠에서 깨어나 일어났다. 그리고 불퉁한 표정으로 시중을 든답시고 한쪽으로 섰다. 황이저가 또 나자부에게 말했다.

懲貪賤
棋判價千金

"주봉처럼 허투루 먹이면 무슨 장사가 되겠어요! 누가 저 애를 원한답디까? 백 원을 준다고 해도 당장 보내버리고 싶어요. 그래도 취봉이 얼만데 주봉이라고 해서 그보다 적게 할 수는 없겠지요?"

"상해탄에서 기녀 몸값은 삼천도 있고, 천도 있고, 정해진 법이 있나. 자네가 아쉬운 대로 좀 봐주고 내가 조금 내고 그러면 될 거야. 어쨌든 좋은 일이잖아."

"나 나리, 말씀 잘하셨어요. 제가 꼭 삼천을 원하는 게 아니에요. 취봉이 말만 잘하면 내가 뭐라고 말하겠어요?"

자부는 속으로 따져보고 이번 참에 날짜를 정해 일을 성사시키려고 했다. 마침 황취봉과 황금봉이 같은 술자리에 나갔다가 돌아오자 자부는 입을 다물었다. 황이저도 멋쩍어하며 인사를 하고 내려갔다. 취봉이 방문을 열고 들어오며 주봉에게 물었다.

"졸고 있었어?"

"아뇨."

취봉은 주봉의 얼굴을 잡아당겨 불빛 아래에 갖다 대고 봤다.

"네 두 눈을 봐! 이래도 졸지 않았어?"

"계속 엄마가 하는 말을 듣고 있었는데 어떻게 자요?"

취봉은 그녀의 말을 믿지 못해 자부에게 물어보았다. 자부가 말했다.

"엄마가 때렸어. 그러니까 그냥 내버려둬. 뭐 하러 참견해?"

취봉은 주봉의 거짓말에 화가 나서 정색을 하고 때리려고 하다가 자부가 한 말도 있고 해서 순간 참았다. 자부는 큰소리로 주봉에게 얼른 나가라고 말했다. 취봉은 외출복을 벗고 집에서 입는 조끼로 갈아입었다. 금봉도 옷을 갈아입고 건너와 '형부' 하고 인사를 하고 앉았다. 자부는 황이저가 말한 몸값을 운운하며 매우 상세하게 말했다.

취봉은 '흥' 하고 콧방귀를 뀌며 대답했다.

"보세요! 기생어미라는 사람의 마음이 얼마나 악랄하기 짝이 없는지요! 엄마는 원래 아주머니였죠. 기루에 투자한 돈으로 나 같은 여자 애들 몇 명을 사들여 와놓고선 무슨 본전이 많이 들어갔다는 거예요! 나 혼자서 일해서 벌어들인 이만 원은 모두 자기가 가져갔잖아요. 의상이며 머리핀이며, 가구며, 지금 가지고 있는 만 원까지, 어디 제가 가져갈 수나 있겠어요? 그러면서도 삼천을 원해요!"

취봉은 말을 하다 말고 '흥, 흥' 냉소를 짓다가 다시 말을 이어갔다.

"삼천이 뭐 대단한 게 아니라고 생각하고 당신 능력이 된다면 갖다 줘요!"

자부는 또 자기가 황이저에게 한 말을 상세하게 전해주었다. 취봉은 그 말을 듣고 더 화를 냈다.

"누가 당신보고 도와달래요? 몸값은 다 내 생각이 있는데,

뭐 하러 쓸데없는 소리를 늘어놓고 그래요!"

자부는 예기치 않은 이런 타박에 멋쩍게 웃기만 했다. 금봉은 심각한 이야기를 듣고 감히 끼어들 수 없었다. 취봉은 다시 자부에게 당부했다.

"이 일로 더 이상 엄마와 쓸데없이 말하지 말아요. 엄마 말은 듣지 않는 게 좋아요."

자부는 그러겠다고 대답을 하고 요문군이 생각나서 취봉에게 웃으며 말했다.

"요문군이 너와 좀 닮았더구나."

"요문군이 어떻게 나와 닮았어요? 자라가 아무리 사람들을 위협해도, 문군도 그래요. 사귀지 않으면 그만인데 굳이 속 빈 강정을 그 사람한테 먹이고 그래요. 설사 노기창에서 돌아오지 않는다고 해도 내일이라고 뾰족한 수가 있어요?"

자부는 그 말이 일리가 있다고 생각하다 오히려 문군이 걱정되었다.

"맞아. 그러면 문군이 불리해지겠는걸!"

금봉이 옆에서 웃으며 말했다.

"형부, 뭐 하세요. 언니가 그만하라고 하는데 쓸데없이 말하고 그래요. 요문군이 불리해지든 말든 그 사람 일인데 왜 형부가 조급해져서 그래요!"

자부는 한 번 웃고 말았다. 하룻밤 일은 언급하지 않겠다.

십일 일 정오 무렵 취봉과 금봉은 중간 창 아래에서 나란히 머리를 빗고 있고 자부는 혼자 방에 있는데, 정신이 맑지 않아 아편을 피우려고 했다. 직접 생아편을 끓여 연포를 담뱃대에 넣다가 그만 흘리고 말았다. 마침 황이저가 들어와 그것을 보고 그에게 다가가 꼬챙이를 건네받았다. 자부에게 불을 붙여주려고 아편침대에 마주 누워 하나하나 조용히 의논했다. 황이저가 먼저 도와주겠다는 전날 밤의 약속을 묻자 자부는 취봉의 고집을 꺾을 수 없으니 보태줄 수도 없고 도와줄 수도 없다고 말했다. 황이저가 작은 목소리로 말했다.

"취봉은 항상 말은 잘하지! 그 애 말대로 하면 화가 치밀어 올라요. 속으로는 삼천도 그 애 몸값으로는 어림도 없다고 생각하고 있는데! 그러면 지금 말씀해보세요. 나리께서 기꺼이 도와주시겠다고 하면 그보다 좋은 일은 없지요. 나리, 한 마디만 해줘요. 얼마든 간에 나리 말을 따르겠어요."

자부는 참으로 난감하여 머뭇거리다 말했다.

"그렇게까지 하지 않아도 괜찮아. 취봉은 내게 도와줄 필요가 없다고 하는데, 난 오히려 난감해. 도무지 그녀의 뜻을 모르겠어."

"그건 취봉의 농간이에요! 도와주겠다는데 누가 싫어해요? 말로는 필요 없다고 하지만 속으로는 바라고 있는 거예요. 나리께서 몸값도 보태주고, 자기가 나간 뒤에 필요한 비용도 도와달라는 그런 뜻 아니겠어요?"

자부는 골똘히 생각해보니 이 말도 맞는 것 같아서 경솔하게도 황이저와 몰래 의논하여 몸값을 이천으로 정하고 그 반을 보태주겠다고 말하고 말았다. 황이저는 아주 기뻐하며 아편을 연달아 세 번을 채워주었다. 자부가 충분히 피우고 나자 황이저는 그 방에서 빠져나왔다.

---

1 시를 적은 종이

2 堂戱 : 경사가 있을 때 이를 축하하기 위해 집안에 배우를 초청하여 하는 연극. 지방 희곡의 종류로 호북성 파동(巴東) · 오봉(五峯) 등지에 널리 유행하였다.

3 원문은 나두원(癩頭黿)이다. 자라의 종류 중 가장 큰 자라인데, 머리 부분이 부스럼이 나 있는 것처럼 우둘투둘하여 붙여진 이름. 여기서는 뇌공자의 별명이다.

4 일명 〈일야수백(一夜須白)〉이라고도 한다. 『동주열국지』의 오자서(伍子胥)의 이야기를 취한 것이다. 초평왕은 오자서의 부친 오사(伍奢)를 참수하고, 그의 형 오상(伍尙)을 체포하였다. 오자서는 번성(樊城)을 도망쳐 오나라로 갔다. 초평왕은 각지에 오자서의 체표령을 내렸다. 오자서는 소관(昭關)에서 막히게 되었는데, 다행히 은자 동고공(東皐公)을 만나 그의 집에서 숨어 지내게 되었다. 며칠 동안 나갈 계책이 없었다. 오자서는 잠을 자지 못하고 전전반측하다 하룻밤 사이에 수염이 하얗게 새고 말았다. 동고공의 친구 황보눌(皇甫訥)이 오자서의 용모가 비슷하여 그를 초대하여 오자서와 옷을 바꿔 입게 하였다. 황보눌은 소관에서 문지기에게 잡혀 해명을 했으나, 문지기는 믿지 않았다. 그 사이 오자서는 소관을 탈출할 수 있었다.

45

기생어미는 다 된 일이 갑자기 뒤집혀서 실색하고, 어린 기녀는 방관하다 분을 이기지 못해 질투로 다투다

成局忽翻虔婆失色 旁觀不忿雛妓爭風

황이저는 나자부를 방에 내버려두고 중간 응접실로 건너갔다. 황취봉과 황금봉은 막 화장을 하고 귀밑머리를 빗으며 잠을 꽂고 있었다. 황이저가 기쁜 표정으로 자부가 천 원을 내줄 거라는 이야기를 취봉에게 했다. 취봉은 한 마디도 하지 않고 황급히 손을 씻고 방으로 들어가서 큰 소리로 자부에게 말했다.

"당신, 돈이 많은가 봐요. 나만 모르고 애를 태우고 있었네요. 지금 내가 몸값을 내고 나가도 옷이며, 머리핀이며, 가구를 마련하려면 삼천은 있어야 그나마 장사를 할 수 있는데, 당신이 돈이 있다고 하니 정말 잘 됐네요. 몸값 이천도 다 내주시려면, 아예 오천을 들고 와요!"

자부가 황급하게 말했다.

"내가 어디 돈이 많아?"

취봉이 냉소를 지었다.

"그런 겸손한 말씀은 지금 하실 필요 없어요! 엄마가 말 꺼내자마자 천을 내주겠다고 하고서 못 주겠다는 말이에요? 당신이 주지 않으면 나보고 속신하고 나가서 굶어죽으라는 거예요?"

자부는 마음을 가라앉히고 나서 역시 큰 소리로 물었다.

"그러면 네 뜻은 어쨌든 도와줄 필요가 없다는 거냐?"

"왜 도와줄 필요가 없다는 거겠어요! 당신이 옷이며, 머리장신구며, 가구까지 다 해주고 언제든지 자금을 지원해줘야죠!"

자부는 황이저를 돌아보며 말했다.

"방금 했던 말, 없던 걸로 하겠네. 속신을 하든 말든 내 알 바 아니야."

자부는 이 말을 뱉고 아편침대에 누워버렸다. 황이저는 예상치도 못하게 이렇게 끝나버리자 순식간에 얼굴색이 새파랗게 변하여 취봉에게 삿대질을 하며 사납게 몰아붙였다.

"너라는 인간이 양심이 있기는 한 거야! 네가 일곱 살 때 아버지 어머니도 잃고 집안도 몰락해서 가련하게 여겨 친딸처럼 머리도 빗기고 발도 싸매주며 여태껏 돌봐주었는데, 내가 무슨 죄를 지었다고 너는 나를 원수처럼 죽이려들어? 네가 양심이 있긴 있어? 넌 속신하고 나가면 자리가 올라가잖아. 나도 네가 그렇게 돼서 이 늙은이를 돌봐주기를 바란다고. 그래, 지금 잘 돌봐주고 있구나! 젊디젊은 사람이 이런 양심으로 무슨 좋은 일이 있겠냐!"

황이저는 이를 부득부득 갈며 말하면서 또 한편으로 눈물 콧물을 쏟아냈다. 취봉은 당황하여 웃으며 달래었다.

"엄마, 그만해요! 이게 뭐가 중요하다고 그래요? 나는 엄마가 사 온 사람이에요. 속신을 하게 해주든 말든 엄마 마음대로 하면 되잖아요. 아직 속신하지도 않았는데, 나중에라도 옆집 사람들이 들으면 비웃겠어요!"

취봉의 말이 끝나기도 전에 황이저는 방을 나가 얼굴을 닦았다. 조가모가 화장대를 정리하면서 몇 마디 말로 달래주었다. 그러자 황이저는 조가모에게 말했다.

"기녀가 속신하고 나가려면 손님도 많이 도와주긴 해야 해! 만약 나 나리께서 도와주지 못하겠다고 하면, 쟤도 내 딸이나 마찬가지인데 날 좀 도와주라고 말해야지. 나 나리께서 도와주시겠다는데 왜 굳이 도움을 마다 해? 나 나리 돈을 혼자 챙기겠다는 거야?"

취봉은 방에서 물담배를 피우며 그 말을 듣고 웃으며 말렸다.

"엄마, 그만해요! 나 속신하지 않고, 엄마를 위해서 십 년은 더 장사할게요. 명절 한 번에 천 원을 벌어들이면, 십 년이면

成局忽翻
虔婆失色
第四十五回
二十九

얼마 되는 거야?"

취봉은 직접 손을 꼽으며 계산하고 깜짝 놀라는 체했다.

"우와, 삼만은 되겠네! 그러면 엄마는 좋아서 어쩔 줄 몰라서 몸값도 필요 없다며 '나가, 나가!'라고 하겠지!"

이 말에 자부도 그만 웃고 말았다. 황이저는 옆방에서 대답했다.

"교묘한 말로 날 놀리려고 하지 마! 네가 나와 원수가 되겠다면 그렇게 해. 무슨 좋은 꼴이 될지 지켜보겠어!"

이 말을 하고 황이저는 천천히 아래층으로 내려갔다. 조가모는 일을 끝내고 따라 나갔다. 주봉과 금봉은 방으로 들어오다 깜짝 놀라 멍하니 있었다.

취봉이 자부를 원망하기 시작했다.

"당신은 어쩜 그렇게 철이 없어요. 쓸데없이 뭐 하러 천 원을 준다고 했어요? 언제는 돈이 필요해서 말했더니 잘 주지도 않더니만. 지금은 꼭 쓸 필요 없는데도 천 원을 내놓는다고 해요!"

자부는 부끄러워 변명조차 하지 못했다. 이때부터 취봉의 몸값 이야기는 흐지부지되었다.

그다음 날 자부는 우연히 신문을 읽다 뒷면에 실린 기사 내용을 보게 되었다.

어제 저녁 광동사람 갑모 씨가 노기창에서 술자리를 가

졌는데, 그 자리의 을모 씨가 동합홍리의 요문군을 불렀다. 요문군은 을모 씨와의 언쟁으로 을을 거슬리게 하여 결국 을모 씨는 소리를 치며 주먹을 휘두르며 때리고 욕을 퍼부었다. 갑모 씨의 중재로 겨우 해산되었다. 전하는 말에 의하면 을모 씨는 그래도 화가 가라앉지 않아 무뢰한들을 규합하여 수소문하여 호랑이 굴에 들어가 흑룡의 구슬[1]을 찾으려고 하나 요문군은 어디로 갔는지 종적을 감추었다.

자부는 기사를 읽고 깜짝 놀라며 취봉에게도 읽어주었다. 그러나 취봉은 내용을 곧이곧대로 믿지 않았다. 자부는 집사 고승을 불러 대각요 집으로 가서 문군이 어떻게 해서 그런 일을 당했으며, 혹시 자라의 소행이 아닌지 알아보라고 분부를 내렸다.

고승은 명을 받고 사마로를 걸어 나왔다. 멀리서 보니 동합홍리 입구에 가죽덮개 마차 한 대가 보였다. 그 마차에는 기녀가 한 명 앉아 있는데, 모습이 요문군과 비슷했다. 고승이 급히 앞으로 가서 보니 어린 기녀 담여연이었다. 이렇게 이른 시간에 마차를 타고 있는 게 의아했다. 눈으로 흘깃 보고 골목길을 돌아 대각요의 집 응접실로 가서 그곳 하인에게 소식을 물어보았다. 그 하인은 자라의 일과 관련이 없다고만 하고 뒷말은 얼버무렸다.

고승이 천천히 돌아 나와 가려고 하는데, 도운보가 응접실 뒤에서 나왔다. 기생어미 대각요가 뒤따라 나와 배웅했다. 고승이 한쪽에 서서 '도 나리' 하며 인사를 했다. 운보는 그에게 여기에 온 이유를 물었다.

"요문군의 일을 알아보려고 왔습니다."

운보가 고개를 숙이고 잠시 생각하더니 조용히 고승에게 말했다.

"사실 애초 그런 일은 없고 자라를 속이려고 한 것이네. 자라가 안 믿을까 하여 신문에다 올렸어. 지금 문군은 일립원에서 잘 지내고 있으니 자네 나리께 다른 사람들에게는 말하지 말라고 전하게."

고승은 '예, 예' 하며 대답했다.

운보는 대각요와 작별인사를 하고 골목을 나와 마차에 올랐다. 그리고 말을 몰아 일립원 입구로 들어가 멈추었다. 도운보와 담여연이 마차에서 내리자 집사는 앞장을 서며 길을 안내했다. 동쪽에서 북쪽으로 돌아가니 산을 뒤로하고 호수를 마주한 응접실과 방이 연결된 다섯 칸짜리, 배월방롱(拜月房櫳)이라는 가옥이 보였다. 주렴에는 꽃 그림자가 일렁이고, 처마 끝에는 차와 아편 연기가 모락모락 피어오르고 있었다. 그런데 웃음소리 하나, 말소리 하나 들리지 않고 조용했다.

도운보와 담여연이 안으로 들어가서 보니, 주애인은 탑상에 누워 아편을 피우고 있고 그 옆에는 도옥보와 이완방이 앉아 있고, 그 외에 아무도 없었다. 이유를 물으려고 하는데 집사가 아뢰었다.

"나리 몇 분은 활쏘기를 보러 가셨습니다. 곧 오실 겁니다."

말이 끝나기도 전에 화려한 치장을 한 무리가 뒷산 기슭에서 돌아오고 있었다. 앞장을 서서 오는 사람이 바로 요문군이었다. 그녀는 유난히 날쌔고 민첩해 보이는 복장을 하고 있었다. 주쌍옥, 장수영, 임소분, 소관향이 그 뒤를 따라오고 있었다. 또 그 뒤로 주숙인, 고아백, 윤치원, 제운수 그리고 아주머니와 집사들이 따라왔다. 모두 배월방롱에 들어와서 여기저기 흩어져 편히 앉았다. 도운보가 요문군에게 말했다.

"방금 내가 자네 집에 다녀왔네. 자네 엄마 말로는 자라가 어제도 왔길래, 말해주니까 자라는 믿어주는데, 그 부랑자들이 이러쿵저러쿵 따지더라는 거야. 그래도 괜찮다고 말해주었네."

제운수가 도운보에게 말했다.

"나도 자네에게 할 말이 있네. 자네 동생이 오늘 돌아가려고 해서 내가 '무슨 일이 있는가? 명절에는 시끌벅적해야 하는데, 무슨 일로 급히 돌아가려고 하느냐?'고 물었더니, 자네 동생이 '갔다가 다시 오겠습니다.'라고 대답하더군. 그제야 생각이 났어. 내일 열사흗날은 이수방이 죽은 지 이레째 되는 날이어서 가려고 하는구나 싶었지. 이수방은 박명이나 정이 깊고 그래서 가련하기도 하고 또 존경스럽기도 하니, 우리 일곱 명이 내일 함께 가서 조문하고 제를 올리는 것도 풍류의 아름다운 이야기가 아니겠는가."

"그러면 먼저 서신을 보내는 게 좋겠습니다."

"필요 없네. 우리가 조문하고 나와서 자네 애인 집에서 술자리를 가지세. 나도 자네 애인과 장수영의 방도 구경하고, 모두 가서 시끌벅적 하루 보내는 거야."

그러자 담여연이 끼어들었다.

"제 대인께서 이렇게까지 배려해주시니 송구하기 그지없습니다. 우리가 사는 곳은 좁긴 하지만 대인께서 누추한 것을 싫어하지 않으신다면 잠깐 오셔서 앉아주시는 것도 저의 체면을 세워주는 거지요."

잠시 후 식사를 올린다는 전갈이 왔다. 집사는 배월방롱 중앙에 좌우로 두 개의 원탁을 놓았다. 서로 자리를 양보하고 권할 새도 없이 각자 가까운 자리로 가 왼쪽 원탁에 여덟 명, 오른쪽 원탁에 여섯 명이 앉았다. 제운수는 조심스레 손가락으로 세어보고 의아하여 물었다.

"취분이 어디로 갔지? 오늘 내내 보이지 않는구나."

임소분이 대답했다.

"일어났다가 다시 자고 있어요."

윤치원이 급히 물었다.

"어디가 아픈 거야?"

"모르겠어요. 괜찮은 것 같았는데."

운수는 아주머니에게 가서 데려오라고 했다. 그러나 가서는 한참 동안 돌아오지 않았다. 운수는 갑자기 한 가지 일이 생각났다.

"어제 내가 이화원락에서 들었는데, 요관과 취분 두 사람이 〈영상(迎像)〉[2]을 함께 부르고 있었네. 아주 훌륭했지."

임소분이 말했다.

"취분이 아닐 거예요. 그 애는 대곡(大曲)이라고는 두 곡 정도만 부를 수 있고, 〈영상〉은 아직 배우지 않았어요."

소관향이 말했다.

"취분이 부르고 있었어요. 그들에게 배워서 몇 곡은 부를 수 있어요."

도운보가 말했다.

"〈영상〉과 〈곡상(哭像)〉[3]을 이어서 부르는 건 대단한 거야!"

고아백이 말했다.

"『장생전』의 다른 배역은 골고루 안배되어 있지만 특히 정생(正生)[4]은 〈영상〉과 〈곡상〉 두 곡을 부르려면 공력이 많이 들어가야 해."

제운수는 이러한 대화를 들으니 갑자기 흥이 나서 아주머니에게 요관을 불러오라고 했다. 요관은 명을 받고 아주머니를 따라왔다. 요관은 전혀 화장을 하지 않았지만 하얗고 둥근 얼굴과 소박하게 땋아 늘어뜨린 긴 머리를 하고 있어 마치 먹구름 속에서 나온 하얀 달 같았다. 운수는 그녀를 한쪽에 앉게 하고 다른 한쪽 자리를 비워두었다. 윤치원의 옆자리는 오직 임취분을 기다리고 있었다.

그때 작은 접시에 네 번째 요리가 올라왔다. 네 가지 간식이었다. 집사는 찻잔을 올리고 물담배, 마른 담배, 엽권련 등 여러 종류의 담배를 올렸다. 주애인은 혼자 자리에서 일어나 탑상으로 가서 아편을 피웠다. 도운보는 주령이 생각나서 의견을 내놓았다.

"용지 선생이 낸 사성[5] 주령을 내가 다시 해볼게."

윤치원이 손을 저으며 말했다.

"안 될 거야! 내가 『사서』 전체를 생각해보고, 다시 스물네 구를 맞추어보았지만 완성하지 못했네. '거상평입'은 오직 '방반류철(放飯流歠)' 하나뿐인데, 두 번째 구절로 삼을 게 없어."

운보가 그것을 믿지 못하고 말했다.

"자네가 놓친 게 있을지도 모르네."

그러자 치원이 말했다.

"그러면 자네가 다시 생각해보게. '거상평입'이 들어가는 구절이 있으면 그 나머지는 아주 쉬워. 가장 쉬운 것은 '평상입거'야. '시사박렴(時使薄斂)', '군자불기(君子不器)', '이후국치(而后國治)', '무소부지(無所不至)', '연후악정(然後樂正)', '위례불경(爲禮不敬)', '운자불변(芸者不變)', '언어필신(言語必信)', '금야불행(今也不幸)', '중사일위(中士一位)', '군자불량(君子不亮)', '래자불거(來者不拒)', '탕사호중(湯使亳衆)', '부기불의(夫

豈不義)'… 이십여 구 이상은 있는 것 같은데. 나도 몇 개인지 기억 못 할 정도야."

운보가 한 글귀를 생각해냈다.

"'장유지절(長幼之節)'은 '상거평입' 아닌가?"

치원이 말했다.

"'거상평입'은 없다고 했는데, '상거평입'은 많아. '청문기일(請問其日)', '자로증석(子路曾晳)', '부소무락(父召無諾)', '오묘지택(五畝之宅)', '자재진왈(子在陳曰)', '개폐승묵(改廢繩墨)' 말고도 아주 많아."

모두들 그 말을 듣고 넋이 빠진 듯 멍해져 있다가 말했다.

"『사서』는 어렸을 때부터 너덜너덜해질 때까지 읽었고, 이렇게 고증까지 하면 나름 독창적이라고 할 수 있겠군. 경학자들도 연구하지 못했던 것이 아닐까."

술자리에서 주령 이야기를 한참 하고 있을 때, 임취분이 아주머니의 손에 끌려 꽃과 버들나무를 지나 낭창낭창 걸어와서 조용히 한참을 서 있었지만 모두들 눈치채지 못했다. 윤치원은 인기척을 느끼고 돌아보니 취분이 처량한 얼굴을 하고 기운 없이 서 있었다. 양쪽 귀밑머리는 잔머리가 송송 삐져나와 있고 머리잠, 귀고리, 팔찌, 반지 역시 모두 반듯하지 않았다. 그녀는 한 손으로는 치원의 의자를 잡고 다른 한 손으로는 눈을 비비고 있었다. 치원은 웃으며 자리를 양보했다. 그러나 취분은 모르는 척했다. 치원은 일어나 두 손으로 취분을 잡았다.

취분은 소매를 뿌리치며 미간을 찌푸리고 말했다.

"싫어요!"

제운수가 먼저 '큭' 하고 웃자 모두 자리가 떠나갈 듯이 웃었다. 치원은 멋쩍어하며 자리에 앉았다. 이 웃음이 자기 때문인 줄 취분이 어찌 모르겠는가. 그래서 취분은 더 화가 나 얼굴을 다른 쪽으로 홱 돌렸다. 장수영은 그녀가 어린 기녀라서 마음에 담아 두지 않을 것이라고 생각하고 달래보려고 했지만 말을 붙일 엄두를 낼 수 없었다. 그래도 임소분이 손짓하며 부르자 취분은 천천히 언니 앞으로 다가갔다. 소분은 그녀의 머리를 만져주고 나서 귓속말로 몇 마디 했다. 취분은 못 들은 체하며 언니가 머리를 다 정리해주기만을 기다렸다. 그리고 아편침대에서 멀리 떨어진 맞은편 창가에 놓여 있는 교의로 천천히 가서 비스듬히 걸터앉아 손수건으로 얼굴을 가리고 그 작은 입을 벌리며 하품을 했다.

자리에 있는 사람들은 속으로는 웃고 있었지만 밖으로 웃음소리를 낼 수는 없었다. 윤치원이 슬며시 웃으며 말했다.

"어쩔 수 없이 내가 가서 악역을 해야겠군!"

그는 물담뱃대를 들고 탑상 쪽으로 걸어가서 불을 붙이고 다시 창가로 가서 취분과 작은 탁자를 사이에 두고 교의에 앉았다. 어린 기녀 취분의 질투는 분명 감추고 싶어 하는 것이기 때문에 달래서 풀어줄 수 있는 게 아니라는 것을 치원은 잘 알고 있었다. 그래서 온갖 방법을 동원하여 취분을 웃기려고 하

旁觀不忿雛妓爭風

였다. 취분은 몸을 돌려 창틀에 걸터앉아 일럽호에 한 쌍의 오리가 물속으로 들어갔다 나왔다 하며 헤엄치는 것을 보며 치원의 과장된 목소리를 듣기만 하고 눈길 한 번 주지 않았다. 제운수는 금방 기분을 돌릴 수 없다고 생각하여 요관에게 〈영상〉을 부르라고 했다. 요관은 직접 북을 치고 소관향에게 피리를 불어달라고 했다. 사람들은 노래 듣느라 더 이상 취분과 치원에게 관심을 두지 않았다.

주애인은 혼자 탑상에서 내려와 취분에게 같이 술 마시러 가자고 꼬드겼다. 취분은 간절하게 말했다.

"몸이 안 좋아서 못 마셔요!"

애인은 어쩔 수 없이 혼자 갔다. 윤치원은 어찌할 바를 몰라 취분 곁에 바짝 다가가 앉아서 정색을 하며 아주 정중하면서도 친밀하게 '취분아' 하고 불렀다.

"몸이 안 좋다고 하니 술자리에 가서 잠시 앉아만 있어라. 술은 마시지 않아도 괜찮아. 그런데 네가 가지 않으면, 나야 네가 몸이 안 좋아서 그렇다는 것을 알지만 다른 사람들은 네가 질투가 나서 그렇다고 말할 거야. 너도 한번 생각해보렴."

취분은 치원이 이전처럼 대하는 모습을 보고 기분이 조금 풀어졌고 치원의 말을 듣고 보니 병을 도려내듯 시원해져서 속으로 수긍을 했다. 그러나 바로 표정을 바꿀 수 없으니, 아무 말 없이 고개만 숙이고 있었다. 치원은 그 속을 훤히 들여다보고 취분의 손을 잡으려고 했다. 그러나 취분은 손을 뿌리치며 화를 냈다.

"가셔요! 싫어요!"

치원이 애원했다.

"함께 가자꾸나."

"가셔요! 제가 뭐 하러 가겠어요?"

"잠시 앉았다가 여기로 다시 와도 돼."

"먼저 가셔요!"

치원은 지나치게 재촉하면 오히려 역효과가 날까 하여 재삼 취분에게 오라고 당부하고 먼저 자리로 돌아갔다. 요관이 가락의 고저와 꺾임을 살려가며 〈영상〉을 부르고 있을 때 모두들 숨을 죽이고 듣고 있었다. 치원은 잠시 기다렸다가 임소분에게 눈짓을 하였다. 소분은 다시 손짓으로 취분을 불렀다. 취분은 낭창낭창 걸어와서 물었다.

"언니, 왜요?"

소분은 교의 쪽으로 입술을 내밀었다. 치원도 일어나며 자리를 양보했다. 취분은 교의를 조금 당겨서 비스듬히 요관을 마주보고 앉았다.

치원은 요관의 노래가 끝나자, 취분의 귀에 대고 요관과 둘이서 부르는 노래를 듣고 싶어 하는 제운수의 의중을 살짝 알려주었다. 그러자 취분이 말했다.

"〈영상〉은 못 불러요."

치원은 운수가 이미 취분이 부르는 노래를 들었다는 이야기를 귓속말로 해주었다. 그러자 또 취분이 말했다.

“완전히 다 못 배웠어요.”

두 번을 계속 거절당하여도 치원은 개의치 않고 취분에게 따뜻한 술로 목을 축이고 잘하는 노래를 하나 골라 부르라고 간절히 애원했다. 취분은 차마 더 이상 거절할 수 없어 못 들은 체하며 일부러 화제 하나를 생각해내어 요관에게 물었다. 요관은 마지못해 대답했다. 치원은 술병을 들고 계항배에 가득 따라 취분의 입가에 갖다 댔다. 취분은 화를 내며 큰 소리로 말했다.

“거기에다 놓으세요!”

치원은 황급히 취분의 입에서 술잔을 떼며 탁자 위에 내려놓았다. 취분은 멋쩍은 모양새로 요관과 대화를 나누면서 슬쩍 옆으로 손을 뻗어 그 잔을 들고 한번에 마시고 술잔을 내려놓았다. 그리고 손수건으로 입가를 닦았다. 요관이 물었다.

“시작할까?”

취분이 고개를 끄덕였다. 그러자 요관은 피리를 불고 취분이 〈곡상〉의 반을 불렀다. 모두들 한 마디씩 칭찬을 했다. 그런 후 식사를 하고 자리를 정리했다.

세 시가 가까이 되어 제운수가 오수를 위해 돌아가기 전에 모두들 속속 배월방롱을 나서며 삼삼오오 짝을 지어 화원의 곳곳 각자의 갈 곳으로 흩어졌다. 임취분은 다른 사람들의 눈을 피해 요관의 손을 잡아당기며 먼저 나섰다. 그리고 산허리를 돌아 서쪽에서 북쪽으로 가로질러 이화원락으로 갔다. 이화원락의 문은 활짝 열려 있었고, 그 안은 숲이 울창하고 제비들이 쌍쌍이 날아다녔다. 마침 양쪽 곁방에는 선생이 처음 노래를 배우는 여자 아이들에게 노래를 가르치고 있었다. 요관은 취분을 데리고 이 층 자기 방으로 갔다. 옆방의 기관이 그들이 오는 소리를 듣고 건너왔다. 기관은 취분이 얼굴에 바른 분과 눈썹 먹이 옅게 지워진 것을 보고 말했다.

"세수부터 해야겠어. 어디서 놀다가 이렇게 되었니?"

요관이 웃으며 말했다.

"놀다가 그런 게 아니고, 질투 때문에 그래."

취분이 화를 내며 말했다.

"난 질투가 뭔지 모르니까 네가 한번 가르쳐줘 봐!"

요관은 굳이 따지려고 하지 않고 대신 할머니를 불러 세숫물을 가져오라고 하고, 자신은 경대를 옮겨왔다. 취분은 앉아 다시 화장을 고쳤다. 기관은 꼬치꼬치 물었다. 취분이 말했다.

"왜 물어? 요관도 다른 사람들이 질투라고 하니까 그렇지. 배워서 알았겠어? 질투가 뭔지 어떻게 알아!"

요관은 뒤에서 기관에게 눈을 깜박이며 고개를 가로저었다. 기관은 그제야 말문을 닫았다. 취분은 거울로 그 모습들을 보고 재빨리 귀밑머리를 매만지고 얼굴에 분을 급히 문지르고 나갔다. 방문 앞에서 다시 몸을 돌리며 말했다.

"갈게! 이제 두 사람 내 이야기 마음껏 해도 돼!"

기관과 요관이 쫓아가 붙잡으려고 했다. 그러나 취분은 벌써 아래층으로 뛰어 내려갔다. 취분은 이화원락에서 빠져나오며 어디로 가야 할지 생각했다. 하얀 담벼락 아래로 돌아가니 세 갈래의 돌길이 나왔다. 고개를 들어보니 멀리 지정당 계단에 한 사람이 서 있었다. 등 뒤로 손을 끼고 있는 모습이 장수 같았다. 그래서 취분은 그곳에 형부와 언니가 있다는 것을 알고 그곳에서 한가하게 시간을 보내는 것이 좋겠다고 생각했다.

---

1 여주지계(驪珠之計)라고 한다. 여주(驪珠)는 흑룡(黑龍)의 턱 밑에 있는 구슬로 값이 비싼 아름다운 옥, 혹은 얻기 어려운 보물을 말한다.

2 영상(迎像) : 『장생전』의 한 장면. 안사의 난 이후 당 현종은 태자에게 자리를 넘기는 상황이 되었다. 양귀비에 대한 그리움에 성도부에 묘를 만들고 단향목으로 양귀비의 상을 조각하여 궁으로 맞이하고 다시 묘지로 보내는 내용이다.

3 곡상(哭像) : 『장생전』의 한 장면. 당 현종의 양귀비의 조각상을 마주하고 울음을 터뜨리며 슬픔에 잠기는 내용이다. 이 곡은 〈영상〉에 이어서 나온다.

4 중국 전통극에서 남자 주인공을 '정생'이라고 한다.

5 四聲 : 중고시대 중국어 성조는 네 가지로 음절의 고저 변화를 표시하였다. 평성(平聲), 상성(上聲), 거성(去聲), 그리고 입성(入聲)이 바로 그것이다.

46

아이들 놀이를 좇다 갑자기 새로운 짝을 알게 되고, 공제를 모시기 위해 다시 옛 집 문 앞의 정경을 보다

逐兒嬉乍聯新伴侶 陪公祭重睹舊門庭

임취분은 마음을 정하고 구불구불 이어진 길을 따라 지정당 앞까지 갔다. 장수가 주렴을 걷어주며 들여보내 주었다. 주애인은 방 가운데 탑상에 누워 아편을 피우고 임소분은 그 옆에 앉아 이야기를 하고 있었다. 취분이 비시시 웃으며 '형부' 하며 인사를 하고 언니의 무릎 위에 앉아 머리를 갸우뚱 기울여보았다. 소분은 조금 전 일이 생각나 다짜고짜 취분을 나무랐다.

"다음부터는 소란 피우지 마! 윤 나리께서는 너한테 잘해주시잖아. 너도 철 좀 들어. 즐겁게 이야기나 나누고 하면 얼마나 좋아. 그 사람들은 교분이 있으니 당연히 사이가 좋을 수밖에. 넌 어린 기녀가 욕심이 너무 많아."

취분은 한 마디 대꾸도 못하고 순간 얼굴이 붉어지며 눈물이 쏟아질 것 같았다. 주애인이 웃으며 말했다.

"더 혼냈다가는 취분이 정말로 화나겠어."

소분이 피식 웃으며 말했다.

"좋고 나쁜 것도 모르는데 무슨 화를 내겠어요!"

취분은 부끄러움과 후회가 교차하여 변명을 하려고 했으나 그럴 수도 없어 정말로 난감했다. 소분은 더 이상 따지지 않고 아까 하던 대로 주애인과 이야기를 나누었다.

한참 지나서 취분의 얼굴이 조금씩 밝아지자 애인이 놀러 가라고 부추겼다. 취분 본인도 이곳이 무료하다고 느끼고 있던 터라 천천히 걸어 나갔다. 소분은 그녀를 불러 세워 당부했다.

"영리하게 행동해. 알겠어? 또다시 얼굴을 빳빳하게 세웠다간 그 사람들이 비웃을 거야."

취분은 조용히 듣고 있다가 조금 축 늘어져서 고개를 숙이고 지정당 앞 활터를 걸어갔다. 이런저런 생각을 하며 걷다 자기도 모르게 모퉁이를 돌아 꽃들이 만발한 깊은 곳으로 걸어가게 되었다. 길을 따라 구곡 평교를 건너갔다. 다리를 지나 서북쪽으로 난 길은 대관루로 가는 큰길이었다. 이 길 외에 작은 오솔길도 있는데, 그 길을 따라 남쪽으로 가면 겹겹으로 된 석가산이 나온다. 그 산세가 굽이굽이 마치 용이 꿈틀거리며 노니는 것 같아 완연령(蜿蜒岭)이라고 하였다. 완연령의 꼭대기 용머리에 있는 천심정(天心亭)을 넘어가면 대관루와도 연결된다.

취분은 무심코 이 작은 길을 걸어갔다. 깎아지른 절벽이 있는가 하면 깊은 계곡도 있었다. 걸어 들어갈수록 은벽진 것 같았다. 그래서 나오려고 돌아서는데, 뜻밖에 어느 한 사람이 앞에 보였다. 그 사람은 최신식 옷을 입고 석가산 동굴 입구에서 웅크리고 있었다. 취분은 깜짝 놀라 소리를 질렀다.

"누구세요?"

그런데 그 사람은 돌아보지 않았다. 취분이 누군지 보려고 가까이 다가가서 보니, 바로 주숙인이었다. 그는 허리를 숙인 채 까치발을 하고 손에는 대나무 꼬챙이를 쥐고 이끼를 걷어내며 돌과 흙을 파내고 있었다. 취분이 물었다.

"물건 잃어버렸어요?"

그러나 숙인은 손만 내젓고 가만히 귀를 기울이고 쳐다보고 있다가 살금살금 석가산 동굴로 들어갔다. 취분이 말했다.

"옷이 더러워졌어요."

숙인은 그제야 나지막하게 말했다.

"조용히 해. 좋은 걸 보고 싶으면 저쪽으로 가봐."

취분은 좋은 게 뭔가 하고 가리키는 쪽으로 조용히 다가갔다. 산허리에는 깨끗하고 반들거리는 세 칸짜리 석실이 있었다. 주쌍옥 혼자 돌난간에 앉아 푸른 문양이 있는 하얀 자기단지를 두 손으로 받쳐 들고 얼굴을 가까이 갖다 대고 자기단지 뚜껑을 살짝 열어 그 안을 뚫어지게 들여다보고 있었다. 취분은 가까이 가기도 전에 소리부터 쳤다.

"무슨 물건이야? 보여줘 봐!"

쌍옥은 취분인 걸 알고 웃으며 말했다.

"아무것도 아니야."

쌍옥은 취분에게 자기단지를 건네주었다. 취분은 그것을 받아 들고 뚜껑을 열어 보았다. 그런데 그 속에는 귀뚜라미 한 마리가 더듬이를 세우고 움직이고 있었다. 쌍옥은 황급히 뚜껑을 덮고, 혹여 취분이 달라고 할까 봐 몸을 홱 돌렸다. 그런데 그 귀뚜라미가 갑자기 튀어나와 취분의 옷깃 위로 풀쩍 뛰어올랐다. 취분이 놀라 잡으려고 했지만 벌써 풀 위로 뛰어 내린 뒤였다. 취분은 다급해져 소리를 지르며 자기단지를 내던져버리고 쫓아갔다. 쌍옥이 그 뒤를 쫓아갔다. 귀뚜라미가 폴짝폴짝 뛰어올라 돌 틈으로 들어가려는 그 순간 취분은 잽싸게 손바닥으로 움켜잡았다. 그녀는 히히거리며 돌아왔다.

"잡았어. 하마터면 큰일 날 뻔했네!"

쌍옥은 풀밭으로 가서 자기단지를 줍고 취분은 움켜쥐고 있던 손을 펴 귀뚜라미를 그 단지 안에 넣고 뚜껑을 덮었다. 쌍옥이 다시 들여다보며 웃었다.

"이제 안 되겠어. 놓아주자."

취분이 황급히 말렸다.

"왜?"

"다리가 떨어졌잖아."

"다리 떨어져도 괜찮아."

쌍옥은 그녀가 계속 귀찮게 따질까 봐 웃기만 했다. 마침 주숙인이 만면에 웃음을 띠고 나타났다. 한 손은 흙이 묻어 있고 또 다른 한 손에는 뭔가를 움켜쥐고 석실 앞으로 왔다. 쌍옥이 다급히 물었다.

"잡았어요?"

숙인이 고개를 끄덕였다.

"괜찮은 것 같아, 봐봐."

쌍옥은 취분에게 말했다.

"그건 놓아주고, 이걸 넣자."

그러나 취분은 뚜껑을 누르며 놓아주지 않겠다고 소리쳤다.

"난 필요해!"

그래서 쌍옥은 자기단지를 취분에게 주고 숙인과 함께 석실 안으로 갔다. 취분은 그들 뒤를 따라 들어갔다. 안쪽에는 천연 마뇌석 탁자가 있고 그 탁자 위에는 물건들이 가득 쌓여 있었다. 또 색색의 자기단지들이 있었다. 쌍옥은 금색 그림이 새겨진 빈 백정요에다 숙인이 잡은 귀뚜라미를 넣고 들여다보았다. 정말로 '옥관금상(玉冠金翔)'으로 당당한 자태를 뽐내고 있었다. 쌍옥은 그 모습에 환호성을 질렀다.

"멋져! '해각청(蟹殼靑)'보다 멋져!"

취분은 옆에서 쌍옥의 소매를 잡아당기며 보여달라고 했다. 쌍옥은 그녀에게 보는 법을 가르쳐주었다. 취분은 그녀가 시키는 대로 자기단지 안에 있는 귀뚜라미를 들여다보았지만, 특별해 보이지 않아 더는 관심을 갖지 않았다.

이때 쌍옥이 '해각청'의 다리가 부러진 이야기를 하자 숙인도 놓아주려고 했다. 그러나 취분은 순순히 내주지 않고 그 자기단지를 가슴 속에 품으며 말했다.

"나는 필요해!"

숙인이 웃었다.

"뭐 하려고 그래?"

취분은 잠시 멍하니 있다가 반문했다.

"딱히 뭘 해야 하지 모르겠으니까 말해줘요."

이 말에 숙인은 쌍옥을 보며 웃기만 했다. 쌍옥이 달래며 말했다.

"조용히 해봐. 그러면 내가 좋은 거 보여줄게."

취분은 그녀의 말을 듣고 조용히 기다렸다. 그들은 붉은색 호랑이 융단을 펼쳐 탁자 앞 석판 바닥에 깔고 상아를 상감한 화려한 조롱을 옮겨와 가운데에 놓았다. 그리고 그 바깥으로 색색의 자기단지들을 일자로 배열하였다. 숙인과 쌍옥은 무릎을 맞대고 앉고, 취분에게는 남쪽에서 중앙을 향해 앉으라고 했다. 먼저 방금 잡은 귀뚜라미를 조롱에 넣고 '나비', '사마

海上花列傳 第四十六回 三十六

귀', '딸랑이', '대추씨', '금비파', '향사자', '유리달' 등의 이름을 붙여준 각종 귀뚜라미들을 교대로 넣어가며 싸우게 했다.

처음에 이 '옥관금상'은 머리를 치켜들고 꼼짝하지 않고 있었다. 그러나 풀줄기로 건드리자 갑자기 사나워지더니 돌진했다. 앞이 막히자 두 마리는 엉겨 붙어 서로 잡아먹으려고 했다.

취분은 신이 나서 다리를 치며 자지러지게 웃다가 고개를 숙여 눈을 부릅뜨고 주시하고 있었다. 그런데 갑자기 조롱 속에서 난 '찌찍' 하는 긴 울음소리에 취분은 깜짝 놀랐다. 알고 보니 '향사자'가 결국 '옥관금상'에게 잡아먹히고 말았던 것이다. '옥관금상'은 득의양양한 듯 몸을 곧추세우고 날개를 펼쳤다. 그렇게 연이어 대여섯 번을 싸웠지만 '옥관금상'을 이길 상대가 없었다. 마지막 '유리달'도 패주하고 말았다. 숙인도 갈채를 보냈다.

"진짜 장군이구나!"

쌍옥이 말했다.

"이름을 하나 지어줘요."

취분이 재빨리 말을 가로챘다.

"나에게 아주 좋은 이름이 있어요."

숙인과 쌍옥이 이구동성으로 가르쳐달라고 했다.

취분이 말을 꺼내려고 하는데 갑자기 아주가 웃으며 머리를 내밀었다.

"작은 선생이 여기에 있을 줄 알았어요. 화원 구석구석 찾아다녔어요. 어서 가봐요."

취분이 화를 냈다.

"왜 찾아? 내가 도망갈까 봐?"

아주는 인상을 찌푸리며 말했다.

"윤 나리께서 찾고 계십니다! 우리가 작은 선생을 왜 찾아요!"

이때, 윤치원 목소리가 들렸다. 윤치원은 웃으며 들어왔다. 숙인은 급히 일어나 인사를 했다. 치원은 문 앞에서 발걸음을 멈추고 취분만을 바라보며 기분 좋게 웃으며 말했다.

"너도 동무가 있었구나!"

취분이 말했다.

"보실래요? 와봐요."

치원은 웃기만 했다. 그러자 쌍옥이 말했다.

"오늘은 이 애만 계속 싸웠으니까 더는 힘들게 하면 안 돼요. 내일 봐요."

아주는 그 말을 듣고 올라와 물건을 모두 정리했다. 숙인은 몸을 숙여 조롱을 들어 올려 '옥관금상 장군'을 직접 자기단지에 넣고 정중하게 표기했다. 취분과 쌍옥은 서로 부축하며 같이 자리에서 일어났다. 치원이 쌍옥에게 말했다.

"자네 차가운 돌 위에 앉아 있었나? 정말 대단해! 취분이야 괜찮지만, 자네는 아니지."

숙인이 물었다.

"그건 왜 그렇습니까?"

쌍옥은 눈을 흘기며 말했다.

"뭘 물어요! 무슨 좋은 말을 들을 거라고 묻는 거예요?"

치원은 껄껄 웃고 나서 취분에게 가자고 재촉했다. 취분은 돌 탁자로 가서 기대어 생각해봐도 다리가 부러진 그 귀뚜라미를 내버려둘 수 없었다. 쌍옥이 말했다.

"그렇게 가지고 싶으면 가져가."

취분은 신이 나서 단지를 들고 문을 나섰다. 치원이 숙인에게 물었다.

"모두들 대관루에 있는데 자네도 가지 그래?"

숙인은 그러겠다며 고개를 끄덕였다. 치원이 또 말했다.

"그런데 자네의 그 귀한 손은 좀 닦고 와야 하네!"

그 말을 하고 치원은 취분와 함께 나갔다.

아주는 정리를 대강 끝내고 혼자 중얼거렸다.

"어린애라도, 성질은 보통이 아니야!"

쌍옥이 말했다.

"자네도 잘못했어. '선생'이면 '선생'이지 무슨 '작은 선생'이야!"

"작은 선생이라고 해도 괜찮아요."

"이전에는 괜찮았겠지만, 지금은 '큰 선생'이 붙어 있잖아."

주숙인이 끼어들었다.

"맞아, 나도 조심해야 되겠어."

아주가 말했다.

"뭐 하러 조심해요? 신경 쓰지 말아요."

숙인과 쌍옥은 아주를 데리고 느긋하게 나란히 석실을 나섰다. 천심정을 넘어가지 않고 완연령 비탈길 아래로 내려갔다. 완영령 서쪽 용의 턱 사이에 출구인 동굴이 있는데, 구불구불하지만 삼오십 보를 걸어 그곳을 빠져나가면 바로 대관루의 서쪽으로 통했다. 조금 멀지만 봉우리를 끝까지 올라가는 것보다 힘이 덜 들었다. 그래서 세 사람은 모두 이 길을 따라 대관루 앞쪽으로 돌아 들어갔다. 그런데 차와 아편 연기만 남아 있을 뿐 한 사람도 보이지 않았다. 아마도 모두 대관루 근처에서 산보 중이라 생각하고 아주에게 세숫물을 가져오라고 하고 잠시 앉아 기다렸다. 집사가 올라와서 등불을 켜자 창연한 저녁 빛이 창가로 비쳐 들어왔다. 그제야 한 쌍씩 응접실로 모여들기 시작했다.

담소를 나누는 동안 저녁상이 차려졌지만 다들 흥이 나지 않아 일찍 헤어져 각자의 방으로 돌아가 쉬었다. 주숙인은 애초 요양하기 위해 주쌍옥과 호방에서 머물고 있었지만 병이 나아서 방을 옮기려고 했다. 주애인과 임소분이 때마침 입립원에 도착했고 호방이 널찍해서 좋다며 그곳에 짐을 풀었다. 숙인도 마음 편하게 그곳에서 계속 지내게 되었다. 주애인과 주숙인의 침실은 응접실로 쓰이는 방을 사이에 두고 있었다. 임취분은 대관루에서 윤치원의 방 뒤쪽에 침대 하나를 놓고 지냈다. 나중에 장수영이 오자 취분은 불편해서 호방으로 옮겨왔다. 응접실 뒤쪽 방을 침실로 만들어, 앞쪽을 막고 언니 방으로 출입했다.

이날 밤 주 씨 형제는 애인들과 같이 돌아와 응접실에서 각자 방으로 들어갔다. 주애인은 방으로 들어가 아편을 피우며 임소분과 이런저런 이야기를 나누다 다음 날 아침에 있을 공제(公祭) 이야기를 하며 일찍 잠자리에 들자고 했다. 소분은 취분이 아직 돌아오지 않은 것이 생각났다. 분명 윤치원과 있을 것이라고 생각하고 어린 여자 하인에게 분부를 내렸다.

"등롱을 들고 다녀와. 나중에 가스등이 꺼지면 혼자 어떻게 오겠어!"

"여기 마당에 있어요."

"그러면 들어오라고 해. 마당에서 뭐 하고 있어?"

여자 하인이 명을 받들고 나갔지만 한참 동안 감감 무소식이었다. 소분은 혼자 방문 앞으로 가서 큰 소리로 불렀다. 밖에서 작은 목소리로 대답했다.

"갈게요."

한참 뒤 애인은 아편을 흡족할 만큼 피우고 연등을 껐다. 그제야 취분은 총총히 들어와 형부와 언니에게 인사를 하고 가려고 몸을 돌렸다. 소분은 소맷자락에서 수판같이 생긴 물건을 보고 물었다.

"가지고 있는 게 뭐야?"

취분이 손을 들어 보이며 웃었다.

"다섯째 도련님 거예요."

그 말을 하고 취분은 휑하니 안쪽 방으로 들어가 방문을 걸어 잠갔다. 애인은 바깥방에서 옷을 벗고 소분보다 먼저 잠을 청했다. 소분은 침상에 오르며 다시 한 번 취분에게 당부했다.

"어서 자. 내일 일찍 일어나야 해."

취분은 대충 대답했다. 소분 또한 잠자리에 들었다. 늦게 일어나 다른 사람들의 웃음을 사지 않기 위해 특별히 신경을 썼다.

한참 단잠을 자고 있는데 애인이 꿈을 꾸다 갑자기 몸을 뒤척이고 다시 잠들었다. 그 바람에 소분은 잠이 깨고 말았다. 소분은 눈을 뜨고 곰곰이 생각해보아도 지금이 몇 시인지 알 수 없었다. 그래서 조용히 기지개를 켜고 휘장을 걷어 올려 등불을 켜고 탁상 위 자명종을 보았다. 두 시를 조금 넘기고 있었다. 다시 자려고 하는데 취분의 방에서 찍찍거리는 소리가 났다. 자세히 들어보니 쥐가 갉아먹는 소리는 아니었다. 그래서 '취분아' 하고 불러보았다. 취분은 안에서 물었다.

"언니, 왜요?"

"왜 안 자?"

"잘 거예요."

"두 시야. 뭘 하고 있길래 아직도 안 자고 있어?"

취분은 더 이상 대답하지 않고 급히 정리를 하고 잤다. 그러나 이번에는 소분이 잠이 오지 않았다. 사방에서 들려오는 개구리 울음 소리는 귀가 먹먹할 정도였다. 멀리서 닭 울음소리와 개 짖는 소리, 아기 울음소리가 들려왔다. 화원에서 나는 소리는 분명 아니고 그렇다고 화원 밖 소리가 여기까지 들려오기도 만무했다. 이어서 야간 순찰대원이 곤봉을 두들기며 호방의 구불구불한 담벼락을 지나갔다. 소분은 무의식중에 그 곤봉소리에 박자를 맞추다가 자기도 모르게 흑첨향 속으로 빠져들어 돌아오는 것을 잊고 말았다.

다행히 다음 날 늦지 않게 일어났다. 막 세수를 끝냈는데, 집사의 전갈이 왔다. 아주머니에게 나리와 선생들을 봉의수각으로 모셔 간식을 드시게 하라는 내용이었다. 주애인은 그 말을 듣고 대답했다.

"곧 가겠네."

마침 건넛방 주숙인이 직접 와서 물었다.

"준비 다 되셨습니까?"

임소분이 말했다.

"예."

"그러면 우리 옷 입고 나면 함께 갑시다."

"좋아요."

취분은 안에서 숙인의 목소리를 듣고 급히 나와 불렀다.

"도련님."

숙인은 들어가서 물었다.

"무슨 일이야?"

취분은 조롱과 자기단지를 숙인에게 건네주며 말했다.

"가지고 가세요. 전 필요 없어요."

숙인이 보니, 조롱 안에 두 마리의 귀뚜라미가 있었다. 한 마리는 다리가 부러진 '해각청'이고, 또 한 마리는 '유호로'였다. 숙인은 웃으면서 물었다.

"어디서 가져온 거냐?"

취분이 '흑' 하고 소리를 내고 말했다.

"말도 마세요! 어젯밤에 정말 힘들게 한 마리를 잡아서 붙여보려고 했는데 이 못난 놈이 도망갈 줄만 알아서 빙글빙글 돌기만 하잖아요. 필사적으로 싸움을 붙여보려고 애를 썼는데도 필사적으로 도망가 버리니까, 화가 안 나겠어요?"

숙인이 웃으며 말했다.

"그러니까 쓸모가 없다고 말했었잖아. 기어이 믿지 않더니만. 정 그렇게 좋아하면 내가 한 쌍 줄게. 가져가서 놀아."

"고맙지만 괜찮아요. 보고 있으면 화만 나요."

숙인은 웃으며 조롱과 자기단지를 가지고 방으로 돌아갔다. 그리고 주쌍옥에게 옷을 빨리 갈아입으라고 재촉했다. 양쪽 방 손님들은 먼저랄 것도 없이 응접실 중간에서 만났다. 다섯 사람은 아주머니와 여자 하인을 데리고 호방을 나와 봉의수각으로 갔다. 다른 사람들은 벌써 모여 기다리고 있었다. 서로 인사를 나누고 자리에 앉아 간식을 먹었다. 총관 하여경이 급히 앞으로 와서 아뢰었다.

"모든 제례 물품은 준비를 해서 보내고 시중들 지객 두 사람도 보냈습니다. 진행자도 필요합니까?"

제운수가 중얼거리듯 말했다.

"진행자는 필요 없고, 소찬(小贊)을 부르도록 해."

하총관은 바깥으로 나가 명을 전했다.

잠시 후, 소찬이 깃털 달린 여름 모자를 쓰고 함께 나갈 집사들을 데리고 주렴 밖에 서 있었다. 운수가 물었다.

"마차는 준비 되었는가?"

집사가 대답했다.

"예."

운수는 다른 사람들에게 말했다.

"그러면 자, 갑시다."

사람들은 각자 애인의 손을 잡고 일어났다. 일곱 명의 손님과 여덟 명의 기녀가 하인들을 따라 봉의수각 계단을 내려와 석패루 아래에서 모였다. 그 패루 바깥에는 널찍한 도로가 있는데 별장 바깥의 대로와 직통한다. 열 대가 넘는 마차가 모두 그곳에서 기다리고 있었다. 일행들은 짝을 지어 마차에 올라 자리에 앉았다. 그들은 매미가 이어지듯 물고기가 꿰어지듯 줄을 지어 별장 밖으로 나갔다.

얼마 되지 않아 사마로 위를 달리고 있었다. 도옥보는 마차

안에서 금색으로 새겨진 문패 '동흥리' 석 자가 옛날처럼 반짝이고 있는 것을 보았다. 물건을 가득 진열해놓은 길 양쪽 상점들의 풍경 역시 여전했다. 골목 입구에 깔려 있는 문자점을 치는 선생의 가판대나 걸어놓은 관상그림도 골목을 드나들 때 늘 보았던 그대로였다. 옥보는 마음이 아려오고 눈가에 눈물이 고이는 것을 참지 못했다. 완방도 옥보 때문에 울음을 터뜨렸다.

마차는 순식간에 일제히 멈추었다. 지객이 골목 밖에서 기다리고 있었고 일행은 차례로 마차에서 내려 들어갔다. 도옥보는 사람들의 웃음을 살까 봐 도운보 뒤에서 얼굴을 가리고 따라 들어갔다. 문 앞에 이르자 옥보는 더욱 놀라고 말았다. 이수방의 간판도 보이지 않고, 이완방의 간판 역시 보이지 않았다. 맞은편 하얀 담벼락에 황색 종이가 붙어 있고, 여덟 명의 스님들이 응접실에서 무릎을 꿇고 『대비경참(大悲經懺)』[1]을 읽고 있었다. 향의 연기가 자욱했다. 지객은 일행을 잠시 오른쪽 이완방의 방으로 안내하였다. 뜻밖에 진소운이 그 방에 있다가 일행들과 맞닥뜨렸다. 제운수는 이상하게 생각했다. 도운보가 급히 앞으로 가서 대신 통성명하고, 장례를 도와준 일들을 설명했다. 그러자 운수는 두 손을 마주잡고 말했다.

"처음 뵙겠습니다."

그리고 모두 편히 앉았다. 잠시 후 지객이 예를 청하였다. 제운수가 직접 나서자 도운보가 황급히 말렸다. 운수가 말했다.

偕公孫重覩
蘧門庭

"나도 생각이 있네. 자네가 왜 나서는가?"

운보는 아무 말을 하지 못했다. 운수가 사방을 둘러보니 옥보가 보이지 않았다. 안팎으로 찾았지만 보이지 않았다. 도운보는 뒤쪽으로 가지 않았을까 하여 가보니, 아닌 게 아니라 이수저의 방에 그가 있었다. 운수는 옥보의 눈언저리가 마치 신선한 여지처럼 붉게 부어오른 것을 보았다. 뒤따라오는 이완방의 얼굴도 눈물자국으로 얼룩지고 새로 갈아입은 상복 역시 눈물로 젖어 있었다.

운수는 고개를 끄덕이며 탄식하고 아무 말도 꺼내지 못했다. 일행들과 함께 경을 외는 단 사이를 지나 건너편 왼쪽 방으로 갔다. 그 방은 앞의 방과 달랐다. 괘, 탑상, 가스등, 경대, 탁자 등이 모두 정리되어 어느 것 하나도 없었다. 뒤쪽 겹문에는 술 달린 월백색의 휘장이 펼쳐져 있고 중간에 네모난 탁자 세 개가 나란히 놓여 있었다. 탁자 위에는 오색실로 묶은 삼척 높이의 영궁(靈宮)이 모셔져 위패를 가리고 있었다. 고급 제수용품은 층층이 쌓여 아래쪽에 배열되어 있고 용연향, 밤을 지키는 촛불, 밥을 올려놓은 정자가 모두 갖추어져 있었다.

이때 휘장 뒤에서 이수저가 곡을 했다. 이수저의 양아들은 무섭고 부끄러워서 나오지 않았고 영의 오른쪽에는 이완방이 엎드리고 있었다. 소찬은 은잔 세 개가 놓인 쟁반을 들고 몸을 숙이며 옆에 서서 주제자(主祭者)가 예식을 행하기를 기다리고 있었다.

1 대비경 기도문을 말한다. 대비경은 부처님이 열반 직전에 조화와 가섭, 아난 등에게 불도를 전파시킬 것을 부탁하면서 앞날을 예언한 것 등의 내용이 기록되어 있다.

47

진소운은 귀인을 만나는 행운이 찾아오고, 오설향은 남자아이라는 상서로운 점을 치다

陳小雲運遇貴人亨 吳雪香祥占男子吉

제운수는 평상복을 입고 이수방 영전 앞으로 가서 예를 갖추어 허리를 숙였다. 소찬이 옆에서 시중을 들며 향기로운 제주(祭酒)를 올리자 제운수는 또 허리를 숙이고 두어 걸음 물러났다. 그리고 소관향에게 대신 절하라고 했다. 관향은 명을 받들고 네 번 절을 했다. 나머지 사람들도 이와 같이 했다. 고아백의 차례가 되자 요문군이 대신 나섰다. 문군은 인사를 하고 다시 무릎을 꿇어 네 번 절했다. 고아백은 조용히 그 까닭을 물었다. 그러자 요문군이 대답했다.

"앞의 것은 당신 대신 한 것이고, 그리고 저도 절을 해야죠."

아백이 미소를 지었다. 윤치원은 임취분에게 대신하게 했지만 그녀는 거절했다.

"언니가 아직 안 했잖아요."

치원은 그 말에 웃으며 말했다.

"괜찮아."

그러나 못 이기는 척 장수영에게 대신 하라고 했다. 임소분이 주애인 대신 절을 하자 취분이 불쑥 끼어들어 가 절을 했다. 나머지 사람들은 말할 필요가 없겠지만, 주숙인이 읍하고 나자 주쌍옥이 절을 하고, 도운보가 읍하고 나자 담여연이 절을 했다. 마지막으로 도옥보가 읍을 하자, 제운수가 큰 소리로 말했다.

"완방은 곤란하니, 옥보만 절하게."

옥보는 그 말을 듣고 한가운데 서서 마음을 가다듬고 읍 하고 절을 했다. 절을 하면서 축문을 올리는데 어떤 내용인지 알 수 없었다. 축문이 끝나자 한 번 더 절을 하고 눈물을 머금고 일어났다. 소찬은 책상 끝에서 두루마리 하나를 집어 들고 펼쳤다. 그것은 고아백이 지은 사언압운으로 된 제문으로, 화려하면서도 애절하였다. 소찬이 책상 옆에서 꿇어앉아 큰 소리로 낭랑하게 읊은 후에, 제운수가 절을 하고 태웠다.

이로써 제가 모두 끝났다. 도옥보는 시끄러운 틈을 타서 이완방을 데리고 먼저 밖으로 빠져나갔다. 일행들은 차례대로 다시 오른쪽 이완방의 방으로 갔다. 진소운은 옆에 서서 그들을 맞이했다. 밖에서 들려오는 종과 북소리가 시끄러워 사람

陳小雲運遇貴人亨
第四十七回
四十三

들은 이야기를 제대로 나눌 수 없었다. 담여연과 장수영이 말했다.

"끝났으니, 자리를 옮기시죠."

제운수가 '좋아, 좋아' 하고 말하면서 진소운에게 함께 가자고 말했다. 소운은 머뭇거리며 그의 말에 감히 대답하지 못했다. 운수가 도운보에게 대신 부탁하라고 하자 소운은 그제야 명을 따랐다. 떠날 때 도옥보를 찾으려고 대아금을 뒤쪽 방으로 보냈지만 돌아오지 않았다. 제운수가 미간을 찌푸리며 말했다.

"이게 진정한 마음이야!"

도운보가 황급히 말했다.

"제가 가서 부르겠습니다."

그는 직접 뒤쪽 이수저의 방문 앞으로 갔다. 이완방은 혼자 문 옆에 기대고 있고, 수저와 옥보는 방에서 마주보고 서서 울고 있었다. 운보는 급히 그를 재촉했다.

"가자! 모두 너만 기다리고 있잖아!"

수저도 재촉했다.

"도련님, 어서 나가보세요. 다음에 또 이야기해도 됩니다."

옥보는 어쩔 수 없이 운보를 따라 앞으로 나왔다. 사람들이 '왔어요!'라고 말하자 제운수가 말했다.

"다 모였느냐?"

소관향이 말했다.

"아직 완방이 안 왔어요."

이 말이 끝나기 전에 아초가 완방의 손을 잡고 왔다. 완방은 제운수 앞으로 가서 머리를 조아렸다. 운수가 놀라며 그 까닭을 물었다. 아초가 대신 대답했다.

"엄마가 그녀에게 언니 대신 대인과 나리들 그리고 선생들께 감사 인사를 올리라고 했습니다."

운수가 손을 저으며 말했다.

"뭐라고? 인사하지 않아도 돼."

옆에서 관향이 완방의 손을 잡아당기며 옆으로 오라고 했다. 그녀는 완방의 허리띠를 풀어 상복을 벗겨주며 아초에게 가져가게 했다. 제운수는 자리에서 일어나 진소운에게 먼저 앞장을 서라고 했다. 소운은 감히 앞장서지 못하고 손을 가지런히 내리고 물러났다. 윤치원이 웃으며 말했다.

"사양할 필요 없네. 내가 안내하겠네."

그가 먼저 앞장서서 방을 나서자 다른 사람들도 차례대로 나섰다.

치원이 동흥리 입구에 도착할 즈음 갑자기 지객이 뒤에서 '윤나리' 하고 부르며 앞으로 와서 아뢰었다.

"마차가 남주금리에 있으니 제가 불러오겠습니다."

"안 타고 갈 거야. 대인께는 여쭤보아라."

지객이 몸을 돌려 여쭙자 제운수가 말했다.

"가까운 거리니 걸어서 가도 돼."

지객은 '예' 하고 대답했다. 운수는 지객에게 집사를 철수시키고, 수행원 두 명만 남아서 시중을 들라고 하였다. 지객은 또 '예' 하고 대답하고 한쪽으로 물러섰다.

일행은 거리로 나섰다. 왼쪽으로 가는 사람, 오른쪽으로 가는 사람, 앞으로 가는 사람, 뒤에서 따라오는 사람, 이렇게 제각기 흩어져서 갔다. 얼마 후 서공화리에 도착했다. 요문군이 앞장서서 담여연의 집으로 들어가 빠른 걸음으로 이 층으로 올라갔다. 윤치원은 먼저 도착했지만 안으로 들어가지 않고 문 앞에서 기다렸다. 제운수가 사람들을 데리고 모여들었다. 치원은 손짓하며 안으로 청했다. 그러자 제운수가 말했다.

"자네 집인가?"

치원은 웃기만 하고 그를 따라 응접실로 갔다. 남자 하인이 초대장을 들고 와서 도운보에게 보여주었다. 운보가 한 번 훑어보고 넣었다. 모두 모르는 체했다.

담여연이 곁문 안에서 기다리고 있다가 제운수를 부축하려고 하자 운수가 정색을 하며 말했다.

"내가 못 걸을까 그러느냐? 내가 늙긴 했지만 젊은이보다 그렇게 못 하진 않아."

제운수는 옷을 걷어 올리고 천천히 계단으로 올랐다. 아주머니가 주렴을 올리며 방으로 청했다. 운수는 사방을 둘러보고 칭찬의 말을 했다. 담여연은 대답했다.

"누추합니다. 대인님, 앉으십시오."

운수는 진소운에게 자리를 양보하고 자리에 앉았다. 모두 방으로 들어와 편히 앉았다. 마침 방은 사람들로 가득 메워졌다. 요문군은 얼굴에 땀이 나서 한쪽 옷깃을 열고 부채질을 했다. 고아백이 말했다.

"더위를 타면서 왜 이렇게 급하게 뛰어왔어?"

"뛰긴요! 자라 부랑자에게 걸릴까 봐 조금 빠르게 걸은 거죠."

제운수는 방 안에 사람이 많고 날이 더워서 넌지시 말했다.

"우리 장수영 방도 봐야지."

모두들 '좋습니다.'라고 말했다. 장수영은 일어나 시중을 들며 재촉했다.

"그러면 같이 건너가요."

진소운은 더 이상 예의를 차리지 않고 먼저 나서서 제운수와 함께 장수영 방으로 갔다. 나머지 사람들은 짝과 함께 가기도 하면서 각자 편하게 갔다. 주애인만 남아 아편을 피웠다.

도옥보와 이완방은 흥이 나지 않아 담여연의 방에 계속 있었다. 도운보는 아주머니에게 남자 하인에게 명해서 자리를 마련하라고 말했다. 그리고 건너가 한차례 대접하고 틈을 봐서 방으로 되돌아와 도옥보에게 물었다.

"이수저가 너에게 무슨 말을 하더냐?"

"완방 이야기였어요."

"완방 이야긴데, 왜 울었느냐?"

옥보는 아무 대답 없이 고개만 숙이고 있었다. 운보가 달래며 말했다.

"슬픔에만 빠져 있어서는 안 돼. 다른 것은 안중에도 없느냐? 오늘 이렇게 많은 사람들이 왜 왔겠니? 말이야 이수방 제를 올리기 위해서라고 하지만 사실 너 때문이잖아. 너 혼자서 수방 생각에 또 슬픔에 빠질까 봐 이렇게 많은 사람들이 함께 와서 네 기분도 전환시키고, 좀 잊게 해주려는 거잖아. 지금 잊지 못해도 이야기도 나누고 웃기도 하면서 얼굴 좀 밝게 해봐. 어쨌든 그래야 사람들도 네가 정성을 받아들인 것으로 생각할 것 아니냐. 너도 한 번 생각해봐, 안 그래?"

옥보는 여전히 말이 없었다. 마침 아주머니가 와서 말했다.

"자리 다 준비되었습니다."

운보는 제운수에게 물수건을 올리라고 해야 할지 물으려고 했다. 그러자 주애인이 말했다.

"묻긴 왜 물어, 물수건 가져오라고 하면 되지."

아주머니는 대답했다. 운보는 진소운 대신 국표를 써서 아주머니에게 건네주며 보내라고 했다.

남자 하인이 물수건을 올리자 양쪽 방의 손님과 기녀들은 응접실로 나와 자리를 나누어 앉았다. 함께 의논하여 제운수는 윗자리에, 고아백은 그다음 자리에, 진소운은 세 번째 자리에 앉았다. 나머지는 원래 자신들이 앉는 자리에 앉았다. 진소운은 맞장구를 치며 마음을 다해 비위를 맞추었다. 모두들 이야기를 나누며 아주 흡족해했다. 도옥보는 형의 뜻을 억지로 받들어 가끔 한두 마디 멋쩍게 거들곤 했다.

그때 김교진이 도착했다. 사람들은 진소운의 옆자리에 앉으라고 했다. 교진은 원만하고 융통성이 있는 사람이어서 모인 사람들이 편히 마시고 먹는 것을 보고 역시 그들과 편히 어울렸다. 제운수는 그런 그녀를 보고 칭찬을 했다. 교진은 더욱 자신만만하여 재미있는 이야기들을 쏟아내며 좌중을 사로잡았다. 이 때문에 자리는 적막하지 않았다.

제운수는 갑자기 생각이 떠올라 고아백에게 물었다.

"자네가 지은 제문에서 병에 대해 구구절절하게 말하고 있던데, 무슨 일인가?"

그 질문에 고아백은 이수방이 기녀여서 정실이 되기 힘들었고, 그로 인해 우울증이 생겨 큰 병을 얻은 원인을 세세하게 설명해주었다. 운수는 탄식을 했다.

"안타깝구나, 안타까워! 처음부터 나와 의논했더라면 나에게 방법이 있었는데 말이야."

아백이 물었다.

"어떤 방법입니까?"

"아주 쉽지. 수방이 나의 양녀가 되면 딸이 되는데, 누가 무슨 말을 하겠는가?"

모두 그 말을 듣고 조용히 있었다. 도옥보만은 이 방법이 절묘하다고 여겨 수방의 병중에 미리 알았더라면 살아날 수 있었겠다고 생각했다. 지금은 공허한 말일 뿐이니, 후회가 막급했다. 순간 눈물이 왈칵 쏟아지고 억누르지 못해 급히 일어나 담여연의 방으로 빠져나갔다. 고아백이 말했다.

"내가 잘못했어, 말하느라 옥보를 잊어버렸네."

요문군이 끼어들었다.

"이수방은 정말 좋은 사람이었죠! 기녀여도 괜찮았는데 왜 정실로 맞이하지 않았을까? 사람들이 쓸데없는 소리를 해서 그랬겠죠. 제가 이수방이라면 먼저 그런 사람들 뺨을 후려쳤을 거예요."

요문군의 말에 모두 웃었다. 제운수가 말을 끊으며 나섰다.

"그 이야기는 그만하고 다른 이야기나 하지."

고아백이 갑자기 생각이 나서 말했다.

"아주 좋은 물건이 있는데 보여드리겠습니다."

자리에서 벌떡 일어나 장수영의 방으로 가서 낡은 춘화 한 권을 가져와 운수에게 주었다. 운수는 자세히 보고 나서 말했다.

"작가의 의도는 좋은데 완전하지 않은 게 아쉽군."

춘화를 다른 사람들에게 건네주었다. 아백이 말했다.

"아무래도 옥호산인의 필적 같은데, 증거를 찾을 수 없어요."

운수가 말했다.

"명가가 이런 그림에 굳이 인장과 낙관을 찍겠나. 제목과 발문이 있었더라면 좋았을 텐데."

윤치원이 말했다.

"제목과 발문은 각 편의 문장보다는 못하지요. 일곱 폭을 순서대로 나눠 서사체로 쓰되 좀 과장되게 이야기를 엮으면 완벽한 작품이 될 겁니다. 그러면 제목과 발문보다는 낫지 않겠습니까?"

아백이 말했다.

"그러면 자네에게 부탁해야겠군."

윤치원이 말했다.

"자네가 노기창에서 나를 초대하면 들어주겠네."

"그러면 바로 자네를 초대하겠네. 만에 하나 자네가 쓴 문장에서 한 글자라도 전아하지 않으면 벌로 자네가 열 배로 술자리를 마련해야 하네."

윤치원은 탁자를 치며 큰 소리로 말했다.

"좋아, 결정했네. 여러분이 바로 증인이십니다!"

윤치원이 탁자를 치는 소리는 뜻밖에 도옥보를 놀라게 하였다. 그는 밖에서 쟁론이 벌어진 줄 알고 조용히 눈물을 훔치고 방에서 나와 술자리로 돌아왔다. 술자리에 있는 사람들은 천정을 보거나 고개를 흔들며 모두 이 문장을 실로 짓기 어렵다고 말했다. 고아백이 말했다.

"당당하게 큰소리를 쳤으니 분명 자신이 있겠지요. 어렵든 말든 우리가 알 바 아닙니다."

제운수가 말했다.

"나는 얼른 읽어보고 싶네. 내일 자네가 치원을 초대하고, 어서 지으라고 하게."

윤치원이 말했다.

"명절에는 짬이 없습니다. 열이레까지 문장을 짓고, 열여드레에 노기창에서 보여드리겠습니다. 벌을 줘야 할지 말지는 여러분들의 판단에 맡기겠습니다."

아백이 말했다.

"반드시 열여드레에 노기창에서 모두 모이는 것으로 하였으니 이 자리 일곱 분은 여기에서 초대하는 걸로 하겠습니다."

모두들 그러겠다고 대답했다.

도옥보는 조용히 진소운에게 무슨 문장을 짓는지 물었다. 소운은 춘화를 가져와 설명해주었다. 옥보는 무심히 넘기며 훑어보고 그냥 손에서 내려놓았다.

제운수는 옥보가 마지못해 밝은 얼굴을 하고 있는 것을 보고 흥이 나지 않았다. 날씨도 흐려서 곧 비가 내릴 것 같았다. 그래서 다음 날을 기약하고 조금 일찍 술자리를 파하자고 하자 모두들 그의 뜻을 따랐다. 김교진은 다른 기녀들이 돌아가지 않아 혼자 일어나기가 불편했다. 진소운이 조용히 그녀에게 말했다.

"돌아가."

그제야 교진이 떠나갔다. 자리가 파한 후, 도운보는 이런저런 자지구레한 일들을 정리하려고 성내의 집으로 돌아가려고 했고, 주애인은 탕소암이 외지로 출타하여 일을 거들어 주는 사람이 없는 데다 명절에는 특히 바빠서 제운수에게 양해를 구했다. 제운수는 진소운을 일립원으로 초대하였으나 소운 또한 일이 있다고 했다. 그러자 운수가 말했다.

"그러면 추석에는 꼭 와주십시오."

소운이 미처 대답을 하지 못하고 있는데 도운보가 대신 대답했다. 운수는 윤치원에게 말했다.

"돌아갈 건가?"

"먼저 돌아가십시오. 저도 바로 돌아갈 겁니다."

제운수는 고아백, 주숙인, 도옥보, 그리고 각자의 애인들에게 작별인사를 하고 마차를 타고 별장으로 돌아갔다. 담여연과 장수영은 대문까지 나와 배웅하고 들어갔다. 주애인도 작별인사를 하고 임취분, 임소분과 함께 가마를 타고 돌아갔다. 그제야 진소운은 도운보에게 중추절 일립원의 대연회에 대해 물어볼 수 있었다.

"무슨 대연회! 말이야 낮에는 계화 감상, 밤에는 달 감상이지만, 실제로는 기녀 불러서 술 마시는 거야."

"듣자니 술자리에서는 반드시 시를 지어야 한다고 하는데, 정말인가?"

운보가 손을 저으며 웃었다.

"그런 일 없어. 누가 시 짓고 싶겠어. 자네가 그러고 싶으면 그렇게 해. 어쨌든 그 사람들 앞에서는 하지 마. 자네 실력만 들통 나."

"처음 가는데, 첩자를 써서 찾아뵈어야 하나?"

운보가 손을 저었다.

"그럴 필요 없네. 그가 자네를 초대했으니 문지기에게 말해 놓을 거야. 그러면 문지기가 장부에 자네 이름을 기입해. 자네는 평상복을 입고 문지기에게 말하면 집사가 자네를 안내할 거야. 운수를 만나면 모두 읍만 해. 절대로 고상하게 예의를 차려서 인사하지 말게. 자네는 사업가니까 사업가처럼 행동하면 돼."

소운이 다시 물어보려고 하는데 윤치원이 마침 맞은편 장수영의 방에서 건너와 일립원으로 돌아가려고 했다. 그러자 운보도 그를 따라 일어나며 물었다.

"자네가 이 문장을 엮어보겠다고 했지만 나는 아무리 생각해봐도 한 글자도 만들지 못하겠는데 자네 어쩔 셈인지 나에게 먼저 말해보게."

치원이 웃으며 말했다.

"지금은 나도 어떻게 할지 몰라. 그렇게 어렵지는 않을 거야. 내가 만들고 나면 보게나."

운보는 하는 수 없이 더 이상 묻지 않았다.

윤치원이 떠나고 나자 소운도 일어나며 동합흥리로 가야 한다고 말했다. 운보가 말했다.

"혹시 갈중영이 자네를 초대하였나? 잠시 같이 술자리에 갔다가 나는 성내로 들어가 봐야 하네."

소운이 대답을 하고 잠시 머물렀다. 운보는 빠르게 숙라 옷을 입고 비단 마고자를 걸쳤다. 담여연은 배웅하지 않았지만 '곧바로 오세요.'라고 말했다.

운보는 진소운을 따라 아래층으로 내려가서 각각 가마꾼에게 동합흥리에 가서 기다리라고 했다. 두 사람은 나란히 문을 나서며 큰 길을 따라 오설향의 집에 도착했다. 방에 들어가니 침대 앞 화장대에 한 쌍의 큰 초가 켜져 있었다. 그래서 무슨 일인지 물었다. 갈중영은 웃기만 했다. 오설향은 수박씨를 올리며 대답했다.

"아무것도 아니에요."

잠시 후 나자부, 왕연생, 홍선경 등 모두 잘 아는 친구들이 속속 모여들었다. 갈중영이 말했다.

"애인과 소암은 안 오기로 했으니 우리 여섯 명이 다야. 어서들 앉게."

소매저는 국표를 살펴보고 말했다.

"왕 나리 국표는 없네요."

중영이 왕연생에게 누구를 부를 것인지 물었다. 연생은 직접 황금봉이라고 썼다. 그런 다음 모두 자리에 앉았다.

홍선경은 소매저가 물담배를 채우고 있을 때 조용히 물었다.

吴雪香

"왜 큰 초를 켰나?"

소매저가 조용히 말했다.

"우리 선생에게 좋은 일 있잖아요. 그래서 삼신할머니께 공양드리는 거예요."

선경은 갈중영과 오설향에게 축하인사를 했다. 소식을 들은 사람들도 연신 축하인사를 했다.

"축하하네! 축하해! 축하주로 세 잔을 올리겠네."

중영은 웃기만 했다. 그런데 설향은 언짢아했다.

"무슨 축하받을 일이에요! 소매저가 쓸데없는 말을 했어요!"

사람들은 그 뜻을 잘못 이해하고 모두 정색을 하며 말했다.

"이건 기쁜 소식이야. 부끄러워할 거 없다."

설향은 '휴' 하고 한숨을 쉬었다.

"부끄러워하는 게 아니에요. 아이를 키워놓아도 잘못 되는 경우가 얼마나 많아요. 이제 두 달인데, 이 아이가 사람이 될지 안 될지 어떻게 알아요. 축하받기에는 너무 일러요."

오설향이 이렇게까지 말하는 것을 보고 오히려 사람들은 농담할 수가 없었다. 설향은 한숨을 쉬며 말했다.

"뭐 키울 수 없다는 게 아니라, 잘못 크는 아이도 있잖아요. 처음 키울 때는 행복하지만, 좀 컸다 하면 화날 일이 많아지겠죠."

중영은 그녀의 말이 끝나기도 전에 웃으면서 소리쳤다.

"그만해, 사람들이 네 말 듣고 화나겠다."

설향은 중영의 허벅다리를 꼬집었다.

"당신이 화나게 하잖아요!"

중영이 '아!' 하고 소리를 지르자 사람들이 한바탕 크게 웃었다. 소매저와 막 도착한 기녀들도 깔깔 웃었다.

나자부는 황취봉과 황금봉이 일찍 와서 화권을 하려고 했다. 담여연이 도착했다. 그녀는 도운보에게 말했다.

"지금 비 내리는데, 당신 성안에 안 가면 안 돼요?"

운보는 중요한 용건이 있기 때문에 나자부에게 자신이 먼저 열 잔을 깔겠다고 통사정했다. 자부가 수락했다. 다른 손님들은 서로 앞다투어 손을 내밀며 도운보와 화권을 했다. 한쪽에서 황취봉은 기회를 엿보다 나자부에게 물었다.

"오늘 왜 안 왔어요?"

"또 네 엄마가 귀찮게 할까 그랬지."

"우리 엄마 괜찮아요. 몸값도 천으로 정해졌어요."

자부는 깜짝 놀라며 말했다.

"천이라고. 그런데 왜 처음에는 안 된다고 하다가 지금은 된다는 거야?"

취봉은 냉소를 지으며 한참 뒤에 대답했다.

"나중에 말씀드릴게요."

자부는 심장이 두근거려 더 이상 물어보지 못했다.

도운보는 자신이 깐 잔을 다 채우고, 더 이상 머물지 않고 서둘러 집으로 돌아가려고 담여연과 함께 작별인사를 하고 나갔다. 나자부는 술 마시는 데 목적이 있는 게 아니어서 계속 이어 술잔을 깔아놓은 화권에도 대충 응대할 뿐이었다. 기녀들이 다 떠나자 왕연생에게 다른 기루로 차를 마시러 가자고 했다. 진소운과 홍선경은 눈치를 채고 술잔을 치우고 식사를 가져오라고 했다. 갈중영도 술자리를 계속하자고 고집부리지 않았다. 그렇게 데면데면 술자리가 끝났다.

나자부는 가마꾼을 불러 등을 켜라고 하고 왕연생과 함께 응접실에서 가마에 올라탔다. 동합흥리를 빠져나오는데 비바람이 몰아쳐 가마 속으로 들어왔다. 고승과 내안은 옆에서 가마의 주렴을 내리고 가는 내내 가마 채를 붙잡고 상인리 황취봉의 집 응접실까지 갔다. 자부가 연생에게 먼저 자리를 내주었다.

이 층에 올라가니 취봉이 그들을 맞이하며 방으로 안내했다. 연생을 탑상으로 안내하고 조가모에게 먼저 연등에 불을 붙이고 나서 찻잔을 내오라고 했다. 황금봉은 건넛방에서 급히 달려와서 '형부' 하고 인사를 했다.

"왕 나리, 건너가셔서 아편 피우세요."

"여기서 피워도 똑같아."

"그쪽에 연포가 많아요."

취봉이 말했다.

"연포야 가져오면 되잖아."

금봉은 그런 생각을 아예 못하고 있었다. 그래서 얼른 다시 자기 방으로 돌아가 예닐곱 개의 아편 꼬챙이를 가져왔다. 꼬챙이 위에는 연포가 달려 있었다. 연생은 원래부터 금봉이 귀엽고 총명해서 좋아했는데, 오늘 이렇게 비위를 맞춰주니 머리 올린 기녀들보다 나은 것 같아 흐뭇한 마음으로 받아들였다.

"수고했다."

그리고 금봉을 잡아당기며 자기 옆에 앉혔다.

금봉은 반쯤 올라타서 연생이 아편 피우는 것을 보았다. 황주봉은 쭈뼛쭈뼛하며 나자부에게 물담배를 채워주었다. 그러나 자부는 그것을 물리고 몸값 이야기를 물었다. 취봉은 한숨을 섞어가며 웃다가 천천히 말을 꺼냈다.

48

실수 속에 실수하는 고관대작의 저택은 바다와 같이 깊고, 속이고 또 속이는 장삿길은 구름보다 얇다

誤中誤侯門深似海 欺復欺市道薄於雲

황취봉은 왕연생을 앞에 두고 나자부에게 말했다.

"우리 엄마 어쨌든, 좋은 사람이에요. 가만히 들어보면 엄마가 말은 잘하는 것 같지만 속은 꼭 그렇지도 않아요. 화가 나서 사흘 동안 밥도 안 먹는 거 당신도 보셨잖아요. 어제는 또 당신이 가고 나니까 혼자 방에서 한바탕 했어요. 오늘 아침에 조가모가 아래층에 내려갔더니 엄마가 조가모를 붙들고 내가 아주 못된 애라고 욕하면서 이런 말을 하더군요. '내가 그 애에게 사준 의상이며 머리장신구가 만 원은 족히 될 거야. 안 그래도 그 애가 속신하면 다 줄 생각이었어. 하지만 지금은 마음이 바뀌었어. 하나도 안 줄 거야!' 이 층에서 우연히 이 말을 듣고 보니 화가 나기도 하고 웃음이 나오기도 했죠. 그래서 엄마에게 분명하게 못 박았어요. '의상과 머리장신구는 내가 산 거잖아요. 내가 여기 있으니까 지금 내 물건은 어느 누구도 손을 댈 수 없지만, 그렇다고 내가 속신하고 나서 가져갈까 봐 그래요? 모두 엄마에게 주고 나갈 거예요. 엄마가 나에게 주겠다고 해도 예의상 엄마에게 양보하겠다는 게 아니에요. 하나도 원하지 않아요. 의상이나 머리장신구는 말할 것도 없고 머리띠, 신발 끈 하나, 내 몸에 걸치고 있는 것은 죄다 엄마에게 주고 이 문을 나갈 테니까 걱정하지 말아요. 하나도 원하지 않으니까요.'라고 말했죠. 엄마가 정말로 나에게 그 물건들 중에 몇 개라도 주려고 했다는 걸 어떻게 알았겠어요. 엄마는 말로는 내가 꼭 얼마를 내야 한다고 했잖아요. 내가 아무것도 원하지 않는다고 하니까 그때부터 기분이 좋아져서 속신하려면 해라, 몸값을 천으로 하려면 그렇게 해라, 게다가 길일도 받아주면서 열엿새에 문서를 작성하고 열이레에 이사하면 보기도 좋을 거라고 하더군요. 너무 빠르죠? 나도 이렇게 쉽게 될 거라고 예상 못했어요."

자부는 이 말을 듣고 취봉을 대신하여 기뻐해주었다. 연생도 탄복하며 취봉의 호기를 치켜세우며 말했다.

"'훌륭한 남자는 물려받은 재산으로 밥 먹고 살지 않고, 훌륭한 여자는 시집올 때 입은 옷은 입지 않는다.'라는 말이 자네를 두고 한 말이구나."

취봉이 말했다.

"기녀 노릇을 하려면 어쨌든 본인이 계산이 서 있어야 해요. 그래야지 말로 이길 수 있어요. 만약 제가 속신해서 나가면, 오륙천은 빚을 지고 시작해야 해요. 또 꼭 장사가 잘 된다는 보장이 없으면, 아무리 발버둥쳐도 버텨내지 못해요. 지금은 대본을 잘 써서 해낸 일이에요. 상해에 없는 손님들은 빼고, 상해에 있는 손님들만 보면 딱 두 명이에요. 이 손님들이 저를 잘 보살펴주면 괜찮아요. 그러면 오륙천 빚도 정말 아무것도 아니에요. 제 생각에도 그들에게 의상과 머리장신구는 달라고 할 만한 가치도 없어요. 왕 나리, 말씀 잘하셨어요. '시집올 때 입은 옷'은 부모가 딸에게 해주는 것이고 딸도 잘 되면 입지 않는데, 제가 굳이 왜 기생어미 물건을 원하겠어요! 설령 원한다고 해도 천 정도밖에 되지 않을 텐데 뭐 하러 굳이 그러겠어요?"

연생은 연신 탄복했다. 그러나 자부는 속신 이후에 한 번은 큰돈이 들어가겠구나 싶어서 혼자 꼼꼼하게 생각하다가 예상 밖에 들어가는 돈이 많아서 한참 생각하다 물었다.

"어떻게 해서 오륙천 빚을 진다는 거야?"

"당신 말은 오륙천이 안 될 거라는 거죠. 계산해봐요. 몸값이 천 원이죠, 의상이며 머리장신구가 아무리 못해도 삼천이 들 테고 세 칸짜리 방을 꾸미려면 천은 들겠죠? 또 자잘하게 쓸 곳이 얼마나 많아요. 그러면 오륙천은 들지요. 지금 데리고 나갈 조가모와 남자 하인에게 먼저 이천 빌려서 몸값 갚고 꼭 필요한 물건을 몇 가지 사야죠. 이사 가는 것은 다시 이야기해요."

자부는 조용히 있었다. 연생은 너댓 번 아편을 피우고 일어나며 양반다리를 하고 앉았다. 금봉은 얼른 물담뱃대를 가져와 채워주었다. 연생은 그것을 받아 들고 피웠다.

한참 뒤에 자부는 그제야 이사와 관련된 모든 일들을 묻기 시작했다. 황취봉은 조부리의 세 칸짜리 집을 봐두었으며, 아래층 문군옥과 함께 전세를 내었고, 아주머니와 남자 하인을 데리고 간다는 것 외에도 경리 선생, 요리사, 여자 하인, 남자 하인 네 명을 더 쓸 것이며, 홍목 가구는 잠시 빌려 쓰기로 하고 협상한 가격이 얼마인지 대략 알려주었다. 그리고 또 말을 이어갔다.

"열엿새에 문서를 작성하고 물건들을 정리해서 엄마에게 주려면 시간이 없을 거예요. 그러니까 당신은 보름에 술자리를 마련해주세요."

자부는 바로 그 자리에서 연생과 약속을 하고 갈중영과 홍선경, 진소운 세 사람을 초대하는 초대장을 써서 고승에게 즉시 전달하라고 했다.

고승은 곧장 동합흥리 오설향의 집으로 갔다. 아니나 다를까 홍선경과 진소운도 비가 그치면 나가려고 그곳에 머물고 있었다. 초대장을 보자 갈중영이 먼저 말했다.

"나는 참석하지 못할 것 같네. 그날 일립원에 모임이 있어."

소운도 이 모임에 참석하기 어렵다고 했다. 선경만 갈 수 있다는 답장을 써서 고승에게 전했다. 창밖 빗소리가 점점 잦아들고 차양 덮개에서도 더 이상 물방울이 떨어지지 않았다. 그래서 홍선경은 곧장 발걸음을 옮겼다.

진소운은 차분한 어조로 갈중영에게 물었다.

"기녀들이 일립원에 불려 가면 며칠이나 머물고, 술자리는 몇 번이나 열리는가?"

"나름이지 뭐. 일립원에는 서너 명의 기녀가 항상 있고 각자 알아서 지불을 해. 또 기녀가 기루의 주인이고 놀기 좋아하면 손님과 약속을 해서 아예 일립원에서 여름을 보내기도 해. 물론 이러면 조금 편하긴 하지."

"그러면 자네는 설향을 데리고 함께 가는가?"

"가끔 함께 가기도 하고 일립원에 가서 부르기도 해."

소운은 혼자 수판을 튕겨보더니 더 이상 다른 말은 묻지 않고 중영과 작별하고 남주금리 상발 복권가게로 돌아갔다.

다음 날, 진소운은 직접 포구장 근처에 있는 잘 알고 있는 옷가게로 가서 유행하는 무늬와 색깔의 상의를 골랐다. 다시 동안리 김교진의 집으로 가서 편지를 보여주었다. 교진은 그 편지를 보자마자 물었다.

"어떻게 제대인을 알게 되었어요?"

"어젯밤에."

"당신과 친구라니까, 그곳에 놀러가고 싶어요."

"내일 자네와 함께 가볼까 하는데 어때?"

"갑자기 예의를 갖추고 그래요?"

"내일은 일립원 중추절 대연회라서 아주 시끌벅적할 거야. 나도 술자리에 가. 너도 가려면 일찍 준비하고 있다가 국표가 도착하는 대로 와."

교진은 아주 신이 났다. 그날 밤 소운과 교진은 흡족한 밤을 보내었다.

팔월 십오 일 중추절, 진소운은 일찍 일어나 옷을 잘 갖추어 입었다. 괘종시계가 여덟 시를 알리자 김교진을 깨워 몇 마디 당부를 했다. 소운은 가게로 돌아가 마차를 불러 산가원으로 출발했다.

제부 대문 앞에 이르러 소운의 마차는 입구 맞은편 조벽[1] 옆에 멈추었다. 소운이 마차에서 내려 대문 안을 보았다. 대문 안은 바로 본채 거실로 이어졌다. 웅장하고 깊고 층층이 널찍하게 뚫려 있었다. 그러나 난간이 있어 그 문으로 들어갈 수 없었다. 하는 수 없이 돌아 나오며 양쪽을 두리번거렸지만 아무도 보이지 않았다. 장복이 손짓으로 왼쪽을 가리키는데, 협문이 있는 모양이었다. 소운은 그쪽으로 가보았다. 그 문 역시 크고 웅장했다. 문을 들어서자 점잖아 보이는 문지기 서너댓 명이 다리를 꼬고 한담을 나누고 있었다. 소운이 문 옆에서 통성명을 하려는데 한 사람이 손을 휘저으며 말했다.

"일이 있으면 장방으로 가시오."

소운은 대답을 하고, 다시 정문 옆 협문으로 들어섰다. 옆채는 세 칸짜리 집으로, 문설주 위에 '장방(賬房)'이라는 편액이 걸려 있었다. 소운은 그곳으로 들어갔다. 그러나 중간에 놓인 경리 책상들은 모두 비어 있고 첫 번째 책상에만 경리 선생이 있었다. 그 경리 선생은 옆에 놓인 교의에 앉아 있는 사람과 이야기를 나누고 있었다.

소운은 그 사람이 바로 장여보라는 알고, 얼른 다가가 인사를 했다. 경리 선생은 장여보의 지인이라 하여 소운에게 가볍게 고개를 끄덕이고, 장여보는 자리를 권했다. 소운은 좌우를 힐끔거리며 들여다보았다. 경리 선생들은 그 안에 있었다. 그들은 책상에 머리를 박고 계산을 하거나 장부를 쓰느라 어느 누구도 소운을 거들떠보지 않았다. 소운은 잘못 왔다는 생각이 들어 첫 번째 책상으로 다가가서 그 경리 선생에게 손을 모으고 웃음으로 인사하며 이곳에 온 이유를 설명했다. 경리 선생은 그 말을 듣고 급히 말했다.

"실례했습니다. 여기에 잠시 앉아 계십시오."

그리고 잡역 일꾼을 불러 지객에게 알리라고 했다.

소운은 그제야 안심하고 앉았다. 그러나 한참 지나도 소식이 없었다. 사람들은 협문을 끊임없이 드나들었지만 모두 집사들로, 연회에 참석하는 손님들은 아니었다. 소운은 속으로

海上花列傳
第四十八回
五十
誤中誤
侯門深似海

너무 일찍 왔나 싶어 후회스러웠다.

갑자기 시끌벅적한 소리가 멀리서부터 점점 가까이 들려왔다. 그러자 장여보가 황급히 쫓아나갔다. 뒤이어 이삼십 명의 인부들이 큰 나무 상자 네 개를 앞에서 붙잡고 뒤에서 안아 들쳐 메고 들어왔다. 장여보는 종종걸음으로 왔다 갔다 하며 혹여 부딪힐까 신경을 썼다. 그리고 장방 복도에 조심스럽게 놓게 한 다음 상자 덮개를 열어 경리 선생에게 꺼내 살펴보라고 하였다.

소운은 창문 너머로 내다보았다. 그 나무 상자들 속에는 자남(紫楠)목과 황양(黃楊)목으로 만든 반신짜리 열여섯 폭의 병풍이 각각 나눠져 담겨 있었다. 병풍은 모두 『서상기(西廂記)』[2] 그림을 조각한 것으로, 누각, 남녀, 새, 동물, 꽃, 나무 등이 산호, 비취, 명주와 같은 보석으로 상감되어 있어 화려했다. 두세 폭은 보이지 않았다. 그때 잡역 일꾼이 총지객을 데리고 바쁜 걸음으로 뛰어들어 와 경리 선생에게 손님을 찾아 물었다. 경리 선생은 경리방에 있다고 대답했다.

총지객은 한 손으로 모자를 정리하며 몸을 낮추고 들어섰기 때문에 소운을 보고도 알아보지 못하였다. 다만 손을 다시 내리고 문 옆으로 서며 물었다.

"나리 성함이 어떻게 되십니까?"

소운이 대답하자 또 물었다.

"나리 공관은 어디에 있습니까?"

소운이 또 대답했다. 총지객은 잠시 생각해보고 웃으며 물었다.

"진 나리, 언제 초대장을 받으셨습니까?"

소운은 전날 담여연의 집 술자리에서 약속했던 사실을 말했다. 총지객은 또 생각하더니 말했다.

"전날은 소찬이 따라갔지요."

"그렇습니다."

총지객은 고개를 돌려 잡역 일꾼에게 소찬을 즉시 불러오라고 하고 나서 이야기를 나누었다. 또 물었다.

"진 나리께서는 누구를 부르실 겁니까? 지금은 조금 이르지만 제일 먼저[3] 부르려고 합니다."

소운이 막 대답하려고 하는데 소찬이 숨을 헐떡이며 장방으로 뛰어들어 와 '진 나리' 하고 불렀다. 그러고는 손에 든 붉은 매화빛깔 쪽지를 총지객에게 건네주었다. 총지객이 꾸짖으며 말했다.

"네가 하는 일이 이렇지! 나는 전혀 몰랐잖아! 진 나리를 한참 기다리게 했으니 나중에 대인께 말씀드리겠다!"

"쪽지는 전달하지 않았지만 문지기에게 전했습니다. 게다가 대인께서 초대장은 더 이상 필요 없다고 하셔서 조금 늦게 보내도 괜찮을 거라고 생각했습니다. 그리고 진 나리께서 이쪽 문으로 오실 거라고는 전혀 예상하지 못했습니다."

"변명하지 마. 그러면 왜 어제 쪽지를 보내지 않았느냐?"

소찬은 그 물음에 대답을 못하고 물러나 옆으로 섰다. 총지객은 진소운이 타고 온 마차를 어디에 두었는지 묻고 소찬에게 마부를 챙기라고 하였다. 그리고 직접 진소운을 화원 안쪽으로 청했다.

그때 경리 선생은 병풍을 다 보고 나서 장여보와 나란히 앉아 이야기를 나누고 있었다. 진소운이 그들에게 작별인사를 하자 장여보는 총지객 옆으로 비켜서서 진소운의 길을 인도하는 것을 보고 연회 자리로 가는 것임을 알고 부러운 시선을 거두지 못했다.

경리 선생은 이야기를 하고 나서 오른쪽 장방으로 가서 덕대(德大) 수표 한 장을 장여보에게 건네주었다. 장여보는 그것을 옷 안에 잘 넣고 작별을 하고 제부의 협문을 나와 잠시 걸어가다 인력거를 불러 세웠다. 그는 인력거를 타고 먼저 뒷길 덕대(德大) 전장으로 갔다. 거기서 그 수표상의 팔백 원을 영국 은화[4]로 바꾸고 현금 반과 수표 반으로 만들어 다시 사마로로 갔다. 서양 요리집 호중천에 가서 혼자 식사를 하고 서기반가 취수당으로 갔다. 육수림은 그의 표정이 밝은 것을 보고 물었다.

"돈을 좀 만졌나 봐요?"

"사업이라는 게 정말 예측하기 어려워! 지난번 팔천짜리는 이백을 남기려고 그 고생을 했는데 오늘은 아주 쉽게 팔백에 팔아 사백을 남겼어."

"당신 재운이 왔나 봐요! 올해 중개업은 별로였는데 다른 사업을 해보는 것도 괜찮겠어요."

"재운이라면, 진소운에게 왔지."

그리고 그는 진소운이 연회 자리로 가는 모습을 자세히 설명해주었다.

"글쎄요, 좋을 것도 없어요. 술 마시고 기녀 부르려면 그도 돈을 써야 하고, 만약 할 일이 없으면 그만이잖아요. 당신 사업이 차라리 안정적이에요."

장여보는 아무 말 하지 않고 혼자 아편을 피우며 계획을 세웠다. 그리고 양가모에게 붓과 벼루를 가져오라고 해서 초대장을 써 바로 포구장 굉수서방의 포(包) 나리를 초대하라고 했다. 양가모는 즉시 전달했다. 장여보는 또 시서생과 홍선경, 장소촌, 오송교 네 사람에게 초대장을 썼다.

"진소운은 저녁에 가게로 돌아올지 모르니 초대장을 쓰는 것도 괜찮겠지?"

양가모에게 남자 하인을 보내어 손님을 초대하라고 하고 술자리를 준비하라고 했다.

간단하게 지시를 끝냈을 즈음, 아래층에서 시끌벅적 여자들의 웃음소리와 말소리가 들려왔다.

"기생어미가 왔다! 기생어미[5]가 왔어!"

그 소리가 이 층 응접실까지 들려왔다. 장여보는 굉수서방의 노포(老包)가 왔다는 것을 알고 급히 나와 그를 맞이했다.

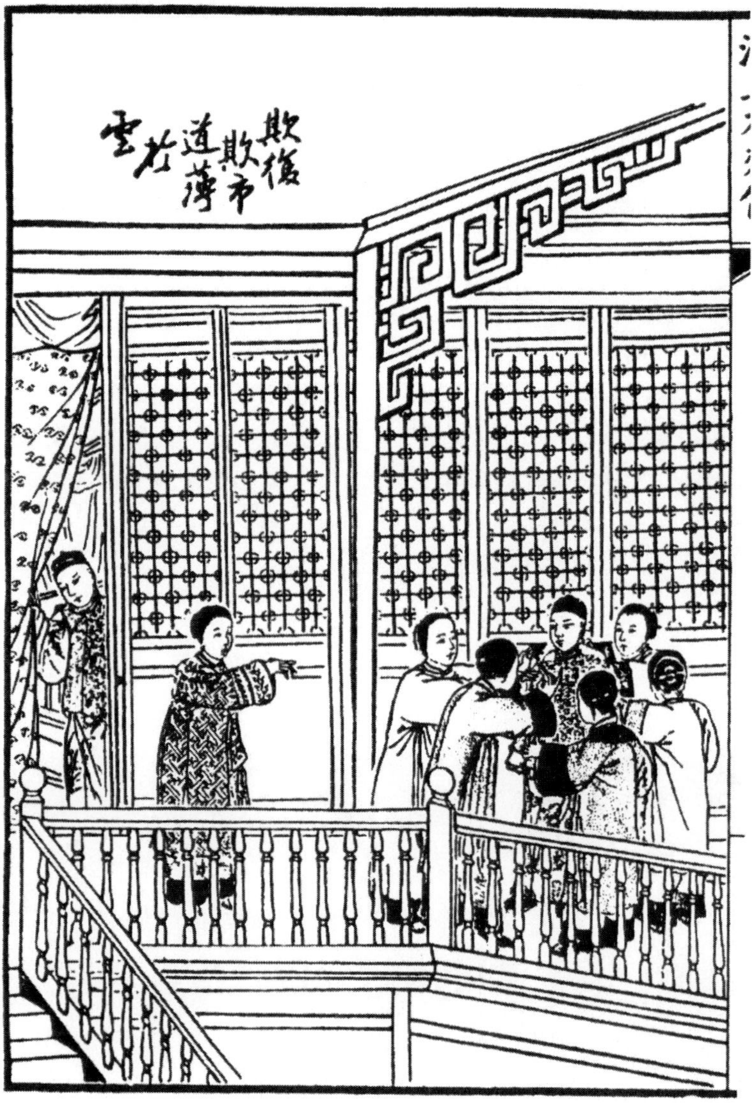
欺復欺市道薄於雲

그런데 노포는 여러 명의 기녀와 여자 하인들에게 둘러싸여 이리저리 밀리고 여기저기에서 끌어당겨 빠져나오지 못하고 있었다. 장여보가 손짓을 하며 '노포' 하고 불렀다. 노포는 일부러 화를 내는 척하며 빠져나왔다. 그래도 철없는 어린 기녀들은 그를 따라 방으로 들어가서 꼬집고 때렸다.

누군가가 말했다.

"노포, 오늘 마차 타러 가!"

또 누군가가 말했다.

"노포, 손수건은 가져왔어?"

사방에서 대답할 틈도 주지 않고 노포를 놀려댔다. 장여보가 성난 것처럼 노포에게 말했다.

"중요한 일이 있어서 자네를 불렀는데 왜 그렇게 바보같이 굴어?"

노포가 벌떡 일어나며 물었다.

"오, 무슨 일이야?"

그는 놀란 얼굴을 하고 장여보의 말을 기다렸다. 어린 기녀들은 그제야 우르르 흩어졌다. 장여보가 말을 꺼냈다.

"열여섯 폭 병풍을 제운수에게 팔백까지 올려 팔았네. 그런데 그쪽에서 혹시나 싶어 먼저 육백만 지불하고 나머지 이백은 보름 후에 지불한대. 나는 일을 할 때 화통하잖아. 자잘한 거래에는 그렇게 신경을 쓰지 않아. 지금 자네에게 다 줄 테니, 나중에 받아 오는 돈은 자네와 상관없는 거야. 알겠어?"

"좋아, 좋아."

노포는 그렇게 하자고 했다.

장여보는 옷 안에서 육백 원짜리 수표를 노포에게 주고 다시 현금 백이십 원을 꺼내어 분명하게 셈을 했다.

"나에게는 사십 떨어지고, 자네 몫 사십은 나중에 줄게. 물건 값 칠백이십은 자네가 물건 주인에게 전해주고 다시 와."

노포는 대답을 하고 수건에 돈을 싸서 나가려고 했다. 그러자 육수림이 물었다.

"나중에 어디로 초대장을 보내면 되나요?"

"바로 올 거야. 보내지 마."

노포는 주렴 사이로 고개를 내밀고 밖에 아무도 없는 것을 보고 응접실을 빠져나갔다. 마침 양가모가 맞은편에서 걸어오다 정면으로 부딪히고 말았다. 양가모가 소리를 질렀다.

"노포! 어디 가?"

양가모의 소리에 사방에서 기녀와 여자 하인들이 몰려와서 잡아당기며 물었다.

"노포, 가지 마!"

노포는 아무 말도 하지 않고 계단을 뛰어 내려가 문을 박차고 빠져나왔다. 뒤에서 여자들은 쫓아가지 못하고 투덜거렸다. 노포는 못 들은 체하고 서기반가를 빠져나와 포구장의 생전양광화점(生全洋廣貨店)으로 가서 주인 수삼(殳三)을 찾았다.

수삼은 삼 층 서양 집에 살고 있었다. 그는 꽉 끼는 속옷을 입고 실내화를 신고 있었다. 바짓부리도 제대로 묶지 않은 채[6] 아편침대에 누워 있었다. 그 옆에서 사자(奢子)라고 하는 어린 남자 하인이 가까이 붙어서 아편을 채워주고 있었다. 그는 노포를 보자, '앉으세요.'라고만 하고 따로 시중들지 않았다.

노포는 그의 성격을 알고 있기 때문에 직접 손수건을 끄르며 병풍 값 수표와 현금을 탁자 위에 올려놓고 수삼에게 직접 세어보라고 하였다.

"장여보 말이 이런 작은 거래에도 아주 고생이 많았다고 하네요. 며칠 동안 타협하고, 몇 번이나 뛰어다니고, 그 장방에도 돈이 들어갔다고 팔십 원을 원하더군요. 그래서 제가 '마음대로 해도 돼. 큰돈도 아닌데, 괜찮아.'라고 했습니다."

"자네도 없으면 안 되지."

그리고 수삼은 이십 원을 노포에게 주었다.

노포는 거절하며 받지 않으려고 했다.

"아닙니다. 절 챙겨주시려면 작은 일거리를 주십시오."

수삼도 더 이상 강요하지 않았다. 노포가 간다고 해도 수삼은 그냥 가만히 있었다.

노포는 다시 취수당으로 돌아왔다. 다행히 차 마시는 손님들이 와서 기녀며 여자 하인들은 한가할 틈이 없어 그를 놀리지 못했다. 육수림의 방에 도착하자 장여보는 십 원짜리 은행수표 네 장을 준비하고 있다가 노포의 말을 듣고 바로 건네주었다. 어린 기녀들은 육수림의 방에 술자리가 있다는 소리를 듣고 들어와 노포를 둘러쌌다.

"노포, 날 불러! 노포, 날 부르라고!"

노포가 히죽히죽거리기만 하고 무시하니 그들은 점점 더 조급해졌다. 한 기녀가 노포의 귀를 잡아당기며 큰 소리로 말했다.

"노포! 들었어?"

또 한 기녀는 노포를 흔들고 째려보며 말했다.

"노포! 말해봐!"

좀 더 나이가 많은 여자는 손은 가만히 있었지만 옆에서 말로 거들었다.

"당연히 다 불러야지! 여기서 술 마시면서 우리를 안 부르면 안 되지?"

"어디서 술을 마시는데?"

"장 도련님이 널 초대했잖아?"

노포가 말했다.

"장 도련님을 봐, 술자리가 어디 있어?"

한 기녀는 영문을 모르고 수림을 돌아보며 물었다.

"장 도련님 술자리 없어?"

수림은 대충 대답했다.

"누가 알아."

모두 그 말을 듣고 서로 눈짓을 하며 당황해했다. 마침 남자 하인이 장여보에게 알렸다.

"손님들이 모두 안 계셨습니다. 사마로 화연간이나 찻집 다 찾아봐도 안 계시고, 어디로 가서 모셔 와야 할지 몰라 그냥 왔습니다."

장여보가 계획을 잡기도 전에 어린 기녀들은 소리를 지르며 노포를 추궁하고 따졌다.

"그래! 우리를 속여? 지금 우리를 불러야 해!"

그들은 서로 앞다투어 먹에 붓을 적시고 쪽지를 찾아 노포에게 국표를 쓰라고 강요했다. 노포는 어쩔 줄 몰라 했다. 장여보는 더 이상 참지 못하고 그들에게 소리를 질렀다.

"어디서 이런 것들이 내 친구를 괴롭혀! 이 집 사람 올라오라고 해! 한번 물어봐야겠어! 기루를 하면서 규범을 알고는 있는 거야?"

남자 하인은 그의 의도를 알고 대답하는 체하며 몰래 입을 내밀며 어린 기녀들에게 얼른 나가라고 밀어냈다. 수림도 웃으며 그들을 달래며 말했다.

"어서 나가. 그만 달라붙어서 괴롭혀. 손님들도 다 모이지 않았는데 어떻게 먼저 불러."

어린 기녀들은 한순간 흥이 사라져서 타박타박 걸어 나갔다.

장여보가 노포에게 말했다.

"나에게 좋은 생각이 있어. 자네는 여기 기녀를 부르는데,

이전에 불렀던 기녀는 절대 부르지 마."

"여기 기녀라면 육수림만 부르지 않았어."

육수림은 말을 이었다.

"수보도 안 불렀죠."

장여보는 더 이상 설명하지 않고 노포에게는 육수보를 써 주었다. 다시 초대장 세 장을 썼는데 그중 두 장은 반드시 올 동업자를 초대하는 것이고, 또 한 장은 호죽산을 청하는 것이었다. 남자 하인은 받아 들고 곧바로 초대하러 갔다.

---

1 照墻 : 밖에서 대문 안이 들여다보이지 않도록 대문을 가린 벽

2 원대(元代) 희극으로, 앵앵과 장생의 사랑 이야기를 담고 있다.

3 원문에는 두패(頭牌)라고 적혀 있다. 옛날 연주 공연을 할 때, 배우 이름을 패에 적어 걸어두었는데, 제일 앞에 걸린 패를 두패라고 한다.

4 멕시코에서 온 은화이나 영국인들이 주로 사용하여 영양(英洋), 혹은 응양(鷹洋)이라고 한다.

5 기생어미를 노보(老鴇)라고 하는데, 노포(老包)와 발음이 비슷하다.

6 당시 사진을 보면 아열대 지역인 광주(廣州)에서조차도 사람들은 바짓부리를 묶고 있다. 상해가 개방되기 전에는 대외 무역은 광주 상인이 도맡아 호화롭고 부유한 생활을 했다. 양광화점 주인 수삼이 진귀한 병풍을 파는 것을 보면 당시 광주 대상인의 후예임이 분명하다. 바짓부리를 묶지 않았다는 것은 파락호의 게으름을 보여주는 것이다.[장]

49

장물을 도둑질하려고 몰래 가지면서도 겉으로는 버리는 척하고, 저당물을 가지려고 속으로는 거리를 두면서 겉으로는 친밀하게 대하다

明棄暗取攘竊蒙贓 外親內疏圖謀挾質

취수당의 남자 하인은 손에 초대장을 들고 남주금리로 갔다. 상발 복권가게에는 젊은 점원 혼자 계산대에 앉아 있었다. 호죽산을 찾자 그가 말했다.

"없어. 상인리에 술 마시러 갔어."

남자 하인이 웃으며 말했다.

"오늘 정말 손님 초대하는 거 힘들어 죽겠어. 한 사람도 초대 못했어!"

젊은 점원은 초대장을 가져가 보더니 장복을 꼬드겨 밥값이나 벌어볼까 하는 생각이 갑자기 떠올랐다.

"여기다 두고 가. 내가 대신 전해줄게."

남자 하인은 좋아서 감사하다며 부탁하고 갔다. 그 젊은 점원은 주방장을 불러서 대신 가게를 보고 있으라고 하고 직접 상인리 황취봉의 집으로 갔다. 이 층 응접실로 올라가서 방을 둘러보니 막 자리에들 앉느라 시끌벅적했다. 점원은 들어서기가 머쓱하여 초대장을 여자 하인 소아보에게 건네주었다. 소아보는 나자부에게 올리고, 자부는 다시 호죽산에게 전해주었다. 호죽산은 읽고 나서 점원에게 대답했다.

"수고했네."

점원은 흥이 싹 사라져서 가게로 돌아갔다.

잠시 후, 기녀들이 하나둘씩 모여들었다. 주쌍주는 장여보가 초대하는 쪽지를 들고 와 홍선경에게 주었다. 홍선경은 가장 먼저 선을 깔아 열 잔을 마시고 작별인사를 했다. 나자부는 황취봉이 분명 먼저 해야 할 일이 있을 거라고 짐작하고 일찍 술자리를 끝내야겠다고 생각했다. 술자리 손님들은 호죽산과 비슷한 주량으로 평상시와 같이 술을 마셨다. 요계순은 시끌벅적한 술자리를 좋아했지만, 마침 다른 사람이 초대를 재촉하자 일찌감치 떠났다. 아쉽게도 이 화려한 명절 술자리는 결국 밤새도록 이어지지 못했다. 그래서 서술할 사건도 없고 서술할 말도 없다.

나자부는 손님이 떠나고 나자 공관으로 돌아가려고 했다. 황취봉이 물었다.

"무슨 일 있어요?"

"특별한 일은 없어. 여기 정리해야 하잖아. 내일 하루는 아마도 바쁠 거야."

취봉은 고개를 숙이며 '큭' 하고 웃었다.

"내 물건은 진작 정리했지요. 지금까지 기다리겠어요?"

그 말에 자부는 다시 자리에 앉았다. 황취봉이 말했다.

"내일은 바쁘지 않아요. 그렇지만 당신이 필요하니 가지 말아요."

자부는 그러겠다고 대답을 하고 고승과 가마꾼에게 돌아가라고 했다. 그러나 건너편 황금봉의 방에서 들려오는 화권하는 소리와 노랫소리가 귀에 거슬렸다. 황금봉의 방에서 술자리가 끝나가자 황취봉은 바깥에서 부르는 술자리에 나갔다. 자부는 적막함을 견디지 못하고 황금봉이 태워주는 아편을 세 번 피우고 기운을 차렸다.

황취봉은 한밤중에 돌아와서 남자 하인에게 두향(斗香)[1]과 연촉(椽燭)[2]을 잘 살피라는 분부를 내렸다. 남자 하인은 조가모와 소아보에게 돈을 걸고 '꽃따기(挖花, 마작의 일종)'를 하자고 꼬드겨서 밤을 샐 계획을 세웠다. 자부는 아래층에서 계속 조잘거리는 이야기 소리에 취봉과 날이 새는 줄도 모르고 이야기를 나누었다. 그리고 곧바로 옷을 벗고 침대로 가서 잠깐 곯아떨어졌다. 그러나 해야 할 일이 있으니 늦게까지 자지 않고 정오 가까이 함께 일어나 식사를 했다.

아침 일찍 물건 한 상자가 배달되어 왔다. 취봉은 조가모에게 내일 쓸 물건이니 잠깐 황이저에게 맡겨두라고 시켰다. 또 황이저를 이 층으로 올라오라고 해서 이전에 자부가 맡겨두었던 문갑을 가져와 자부가 지니고 있는 열쇠로 그 자리에서 열었다. 상자 안에는 문서들만 있고 별 다른 물건은 없었다. 취봉은 자부에게 문서 몇 점을 황이저에게 보여주라고 했다. 그러자 황이저는 웃으며 말렸다.

"알았어! 너라는 애에게 어떻게 흠을 잡겠어! 안 봐도 돼!"

"엄마, 아니죠. 이건 그 사람 물건이니까 내가 가져가도 되는지 엄마도 보고, 그 사람도 봐야죠. 그래야 나중에 없어도 엄마가 상관하지 않을 거잖아요?"

황이저는 마지못해 문서들을 살펴보고 도로 넣은 다음 열쇠로 잠갔다. 취봉은 조가모에게 다시 상자를 주며 아침에 들어온 상자와 함께 한곳에 잘 챙겨놓으라고 하고, 경리 선생에게는 의상과 머리장신구, 장부책을 가지고 올라오라고 했다.

자부는 이 장부가 신기하여 옆에서 살펴보았다. 알고 보니 이 장부의 앞쪽 반은 장신구 이름이 열거되어 있고 뒤쪽 반은 의상 이름들이 열거되어 있었다. 만약 훼손되어 바꾸거나 고친 것이 있으면 그 아래에 작은 글씨로 설명을 덧붙여 한번 훑어봐도 알 수 있도록 해놓은 것이었다. 자부는 속으로 그 꼼꼼함에 탄복했다.

그때 소아보가 조가모와 함께 궤짝에서 머리장신구 세 상자를 들고 들어왔다. 취봉은 직접 상자 하나를 열어 상자 안에 있는 머리장신구를 탁자 위에 늘어놓고 경리 선생에게 처음부터 읽어 내려가라고 했다. 이쪽에서 경리 선생이 하나를 읽으면 저쪽에서는 취봉이 머리장신구 하나를 집어 황이저에게 주고 황이저는 직접 눈으로 확인하며 받았다. 황이저가 다시 조가모에게 건네주면 조가모는 상자에 넣었다. 모두 다 넣고 나면 황이저에게 자물쇠를 채우게 하였다. 금으로 만든 머리장신구 한 상자, 구슬로 만든 머리장신구 한 상자, 나머지 한 상자는 비취와 백옥으로 만든 것이었다. 세 상자는 장부대로 하나도 빠짐없이 온전하게 갖추어져 있었다.

조가모는 따로 남자 하인 두 명을 불러올려서 침대 뒤편과 정자간에서 붉은 가죽 상자 열 개를 들고 오라고 했다. 취봉은 직접 상자 하나를 열어 안에 있는 의상을 꺼내 탑상 위에 늘어놓고 경리 선생에게 처음부터 읽어 내려가라고 했다. 이쪽에서 경리 선생이 하나를 읽으면 저쪽에서 취봉은 옷 한 벌을 꺼내 들어 황이저에게 주고, 황이저는 직접 눈으로 확인하고 받아 들었다. 황이저가 다시 조가모에게 건네주면 조가모는 상자에 넣었다. 상자에 다 넣으면 황이저에게 자물쇠를 채우게 하였다. 열 개 상자는 털이 긴 모피 두 상자, 중간 길이의 모피 두 상자, 짧은 모피 두 상자, 솜옷 두 상자, 겹옷 한 상자, 홑겹과 능라 옷 한 상자였다. 열 개의 옷상자 역시 장부대로 하나도 빠짐없이 갖추어져 있었다.

취봉은 다시 경리 선생에게 장부 마지막 두 장에 있는 모든 항목을 읽으라고 했다. 배나무와 단향목 가구, 자명종, 은으로 만든 물담뱃대와 같은 것들이었다. 취봉은 하나하나 손으로 짚어가며 물건이 제자리에 있는지 확인시켜주었다. 황이저는 좋아서 입이 귀밑까지 찢어져서 대충대충 대답하고 사실 유심히 살피지는 않았다. 취봉은 계속 말을 이어나갔다.

“또 평소에 집에서 입는 옷과 자질구레한 놀이기구들은 장부에 기록하지 않고 관상(官箱)에 넣어두었으니 시간 나면 다시 확인해봐요.”

황이저는 웃음을 터뜨렸다.

“너도 고생했어. 물담배 피우며 잠시 앉아서 쉬어.”

아닌 게 아니라 취봉은 피곤하여 황이저와 마주 보고 앉았다. 황주봉은 얼른 물담배를 채워주고 황금봉은 자부 옆에서 웃으며 이야기하다가 멈추었다. 모두 서로 바라보며 말없이 조용히 있었다. 경리 선생은 그가 해야 할 일이 끝났다고 생각되어 장부를 가지고 하인을 데리고 내려갔다. 조가모와 소아보도 차례대로 나갔다. 취봉은 ‘엄마’ 하고 부르며 정색하며 말했다.

“내 의상이나 머리장신구가 많다고는 할 수 없지만 그 정도 마련하는 것도 쉽지 않아요. 오늘 난 엄마에게 줬고, 엄마는 분명히 받았어요. 엄마도 생각이 있어야 해요! 또다시 애인에게 사기당했다간 정말 고생할 거예요! 엄마 애인들은 모두 조계지에서 소문난 망나니들뿐이고, 제대로 된 사람이라고는 없어요. 내가 눈으로 본 것만 해도 그들에게 속아 넘어간 게 얼마인지 모르겠어요! 내 물건은 다행히 내가 엄마 대신 지금까지 잘 간수해서 사기당하지 않았지, 만약 엄마 손에 있었다가는 하나도 남아나지 않았을 거예요! 내가 사오 년 일을 하면서 엄마 대신 물건들을 가지고 있다가 오늘 엄마에게 돌려줬다고 생각하면 돼요. 이 일은 끝났지만 오히려 생각 없는 엄마가 더 걱정이네요. 내가 가고 나면 누가 엄마한테 말해주겠어요! 애인 말만 듣다간 사오 년 못 넘기고 엄마 돈이며 물건이며 사기당하고 말 거예요. 빈털터리가 되어 고생해도 애인 때문이라면 누가 돌봐주겠어요? 엄마도 체면이 있으면 말해봐요!"

황취봉의 말에 황이저는 숨을 곳이 없어 고개를 숙이고 열쇠 꾸러미만 만지작거렸다. 자부는 조용히 웃고만 있었다. 취봉이 또 '엄마'하고 불렀다.

"엄마, 내가 말이 많다고 탓하지 말아요. 엄마를 위한 말이니까. 내가 속신하고 나가면 내 친척이라곤 엄마뿐이에요. 난 어디를 가든 황이저의 딸이라고요. 엄마가 잘 지내야 내가 체면이 서요. 엄마가 잘 지내지 않으면 우리 집도 끝장이에요. 엄마는 잘해요. 손님에게도 비위를 잘 맞추고, 기루 일도 분명하게 잘하고, 문제는 애인 앞에만 있으면 사기를 당한다는 거예요. 내가 차마 보고만 있을 수 없어서 엄마한테 말했지만 지금부터는 나도 말하기 쉽지 않으니 엄마가 생각이 있어야 해요.

오십 넘은 나이에 이전처럼 했다간 어린애들에게 웃음을 사게 되고 나도 난처해져요!"

황이저가 이 말을 듣고 안절부절 앉아 있지도 못하고 서 있지도 못하며 점점 얼굴이 발갛게 달아올랐다. 취봉은 말을 멈추지 않고 더욱 정색하며 말했다.

"엄마, 지금 천 원에 어린 기녀를 사 오면, 의상이며 장신구는 여기에 있으니까 조금씩 일을 시키면 생활비는 충분히 나올 거예요. 또 몇 년 후에 금봉이 머리를 올리고 손님을 받기 시작하면 더 좋아질 것이고, 주봉은 원래 쓸모가 없으니까 누가 데려가겠다고 하면 괜찮은 곳에 보내버려요. 금봉은 더 이상 무슨 말이 필요해요. 손꼽힐 정도로 세련된 기녀가 될 게 분명하니까. 아니, 세련되지 않더라도 적어도 나만큼은 할 거예요. 엄마가 내 말대로만 하면 엄마는 복 받은 거예요."

자부는 연신 고개를 끄덕이며 한 마디 끼어들었다.

"맞는 말이야. 조금도 틀리지 않아."

취봉이 말했다.

"그러면 이전에 한 말은 틀렸다는 거예요?"

황이저가 이어 말했다.

"틀리긴! 모두 맞는 말이야!"

황이저는 이 말을 해놓고 일어나 돌아다니며 혼잣말로 중얼거렸다.

"사람들이 올 때가 되었네. 나는 내려가서 기다리고 있어야지."

그리고 돌아서며 아래층 작은 방으로 내려갔다. 취봉은 돌아서서 나가는 황이저의 등에다 대고 작은 소리로 자부에게 말했다.

"봐요, 엄마는 충고를 들을수록 낯짝은 더 두꺼워진다니까! 지금부터는 더 이상 말하지 않을 거예요. 엄마가 고생하는 거니까 알아서 하겠지요 뭐."

"기생어미 노릇도 힘들구나. 너에게 한소리 들어도 말 한마디 못하는 것 보니 말이야."

"당신 말하는 것 좀 봐요. 칠자매 중에 좋은 사람이 누가 있어요! 내가 조금이라도 잘못 했다면 엄마한테 죽도록 맞았을 걸요."

"설마."

"믿지 못하겠으면 제금화를 보세요. 칠자매 중에 세 사람을 봤어요. 제삼저는 우리 엄마보다 나아요. 기껏해야 두 차례 정도 때리고 말았으니까. 만약 우리 엄마가 사 온 아이라면 반쯤 죽여놨을 거예요. 한번 해보라고 하면 알아요."

자부는 웃기만 했다. 취봉은 한숨을 쉬며 말했다.

"우리 엄마만이 아니죠. 당신도 봐서 알잖아요. 상해에서 기루를 운영하는 기생어미 중에 착한 기생어미가 어디 있어요! 착하면 먹고살 수 있겠어요? 곽효파까지, 당신도 좀 알죠? 지금 자기가 사들여 온 어린 기녀도 없으면서 제삼저를 도와 제금화를 때리기까지 하니. 정말 어이가 없어서."

취봉이 한참 말하고 있는데 갑자기 계단에서 발자국 소리가 들려왔다. 세 사람이 뛰어 올라오고 있었다. 황이저가 앞장을 서고 경리 선생이 그 뒤를 따르며 바로 금봉의 방으로 들어갔다. 자부는 의아해하며 물었다. 그러자 취봉은 손을 저으며 조용히 말했다.

"모두 부랑자들이에요. 그 부랑자들 보는 앞에서 내 속신 문서를 쓰려는 거잖아요."

자부는 그 말을 듣고 창문 주렴을 내렸다. 취봉은 주봉에게 건너가서 대접하고 절대 마음대로 자리를 뜨지 말라고 했다. 금봉은 자기 방으로 돌아가지 않고 한 마디도 없이 멍하니 앉아 있었다. 자부는 그녀의 얼굴을 보니 뭔가를 생각하고 있는 모습이어서 자기 쪽으로 잡아당기며 다정하게 물었다.

"언니가 가고 나면 적막하겠네?"

금봉은 미간을 찌푸리고 눈물을 그렁거리며 대답했다.

"적막한 거야 괜찮아요. 제가 지금 생각하는 것은 언니가 가버리면 저 혼자 일을 해야 한다는 거예요. 방값이며 세금이며 어마어마한 생활비를 감당해야 하는데, 아무리 제가 바삐 움직인다고 해도 술자리도 얼마 없을 것이고 부르는 곳도 없을 텐데. 엄마가 열 받아 성질을 부리면 그땐 죽는 거예요! 저는 어떡해요!"

취봉은 그 말에 '큭' 하고 웃었다.

"지금 일을 해서 생활비를 내면 엄마는 부자가 되겠네!"

자부도 웃으며 위로했다.

"걱정하지 마. 엄마가 왜 너를 야단치겠어. 야단을 쳐도 너보다 한 살 많은 주봉에게 하겠지."

금봉이 말했다.

"그 사람이야 원래부터 일 안 해도 괜찮잖아요. 저는 늘 엄마한테서 '좀 더 잘해'라는 말만 들어요. 언니도 그렇게 말하지만, 이번 명절 수입이 저번보다 적어요."

취봉이 말했다.

"너는 다른 생각들은 하지 말고 열심히 하기나 해."

자부도 말했다.

"언니 말 귀담아 들으면 엄마도 널 좋아할 거야."

황이저는 마침 건넛방에서 나오다가 '엄마'라는 말을 듣고 무슨 말을 하고 있었는지 물었다. 취봉은 금봉의 이야기를 해주었다. 황이저는 건성으로 칭찬을 했다.

"착하기도 해라, 이렇게까지 생각하다니!"

금봉은 쑥스러워서 얼굴을 자부 가슴에 파묻었다. 모두 웃고 내버려두었다.

황이저는 소매에서 금시계 하나와 금이쑤시개 하나를 꺼내 두 손으로 취봉에게 주었다.

"아무것도 가져가지 않겠다는 네 뜻을 잘 아니까 다른 걸 주진 않을게. 그래도 이 두 개는 늘 네가 착용하던 것이니까 없으면 불편할 거야. 이건 가지고 가. 작은 성의니까 특별한 거라고 생각하지 않아도 돼."

취봉은 물리지도 받지도 않으며 눈길 한 번 주지 않고 냉소를 지으며 말했다.

"엄마, 고마워요! 아무것도 원하지 않는다고 말했잖아요. 근데 엄마 이렇게 친절을 베푸시면 나만 우습게 되지요."

황이저는 내민 손을 거두지도 못하고 쭈뼛쭈뼛하며 난감해 했다. 자부가 옆에서 중재했다.

"금봉에게 주면 되겠네."

황이저는 생각해보더니 마지못해 금봉에게 주었다. 취봉은 정색을 하며 말했다.

"이왕 이렇게 되었으니 내친 김에 또 한 마디 할게요. 내가 조부리에 가고 난 다음에 엄마가 나를 보러 오겠다면 와도 돼요. 그런데 만약 음식이라도 보내 오면, 그땐 화내지 말아요. 심부름 값도 없을 거예요."

황이저는 할 말도 제대로 못하고 우물거리며 난처해했다. 그때 조가모가 초대장을 올렸다. 황이저는 그 핑계로 말을 돌렸다.

"어디서 초대했대?"

자부가 초대장을 보니 태화관에서 보낸 것으로, 정기적인 술자리였다. 취봉은 거들떠보지도 않았다. 그녀는 잔뜩 화가 나 있고 엄숙한 얼굴을 하고 있어 건들지도 못하였다. 황이저는 자기가 생각해도 좋을 게 없다 싶어 잠시 머뭇거리다 다시 건넛방으로 갔다.

자부가 일어나자 취봉이 당부의 말을 했다.

"나중에 오셔야 해요. 속신 문서를 정확하게 썼는지 모르잖아요."

자부는 대답을 하고 응접실로 걸어 나와 건넛방을 보니 가스등은 환했지만 조용하니 숨소리조차 들리지 않았다. 자부는 주렴 사이로 살짝 들여다보았다. 경리 선생은 안경을 쓰고 책상에 앉아 글을 쓰고 있었고 부랑자 세 명은 황이저와 함께 고개를 맞대고 무슨 이야기를 하는지 소곤거리고 있고 주봉과 소아보는 좌우로 서서 시중을 들고 있었다.

자부는 그들을 방해하지 않으려고 혼자 술자리로 갔다. 태화관에 당도해보니, 술내기 화권을 하고 기녀들을 부르는 것으로 평상시처럼 시끌벅적했다. 자부는 취봉의 당부를 새기며 취하면 일을 그르칠까 술을 많이 마시지 못했다. 잠시 술을 주고받으며 자리를 지키다 기회를 엿보고 자리에서 나왔다.

그때 금봉의 방에서도 부랑자를 청한 술자리가 펼쳐지고 있었다. 그들은 쩝쩝 소리를 내며 게걸스럽게 음식을 먹으며 웃고 욕하고 소리 지르며 아주 소란스러웠다. 자부는 속신 문서가 다 완성된 걸로 짐작하고 황취봉을 만났다. 황취봉은 계약서와 영수증을 꺼내 보여주었다. 위쪽은 지렁이가 지나가고 갈가마귀를 그려놓은 듯 글씨가 엉망이었다. 그러나 문장은

明棄暗取攘竊藤贓
第四十九回

뜻밖에 정확했다. 계속 전해져오는 비본을 초고로 삼았는지 틀리지는 않았다.

취봉은 그래도 마음을 놓지 못하였다. 그래서 자부가 문장을 읽고 설명해주면, 자기는 찬찬히 따져보고 나서야 소아보에게 문서를 주며 황이저에게 서명하고 날인하게 하였다. 나자부는 연월 아래에 이름과 장소, 대필자 외에도 보증인 주소화, 서무영, 혼강룡(混江龍) 세 명의 이름이 나란히 있었던 것을 기억하고 혼강룡이라는 이름이 별명인지 물었다.

"이 사람이 우리 엄마 애인이잖아요. 무뚝뚝한 것 같아도 얼마나 교활한지. 지금도 술수를 부리고 있을 거예요. 내가 넘어가겠어요. 허탕 치는 거죠!"

자부는 속신 문서를 보고 나서 가려고 하는 듯 공연히 여기저기를 보며 안절부절못하였다. 취봉은 또다시 한사코 만류하며 말했다.

"내일 나와 같이 가세요."

자부는 하는 수 없이 그녀의 말을 따랐다. 세 명의 부랑자들이 돌아가자 잠자리에 들었다. 황취봉은 자면서도 신경을 곤두세우고 있었다.

날이 밝자마자 일어나 조가모를 불러 황이저에게 가서 맡겨놓은 상자를 가져오라고 하였다. 이 상자에는 의상이 색색별로 들어 있었다. 취봉은 침대 가장자리에 앉아 전족 천을 풀고 다시 새 천으로 바꾸었다. 자부는 잠이 덜 깨어 있다가 다시 잠들었다. 취봉은 머리를 빗고 세수를 하고 모든 것을 끝내고 나서 그를 깨웠다.

자부는 취봉을 보고 아래위로 훑어보다 경탄해 마지않았다. 취봉은 깨끗하고 말끔하게 차려입고 있었다. 담록색의 무명 저고리와 치마, 담황색의 머리끈, 적흑색의 신발, 비녀와 팔찌, 잠과 귀고리는 모두 백은색이었다. 마치 상복을 입은 것 같았다. 취봉은 그가 묻기도 전에 말했다.

"내가 여덟 살에 부모를 여의고 이곳 문을 들어섰을 때는 상복을 입지 못했어요. 오늘 나가면 삼 년 동안 상복을 입을 거예요."

자부는 감탄하고 또 감탄했다. 황취봉이 말했다.

"그만하고, 어서 가세요."

"그러면 갈까."

"당신 먼저 가세요. 나는 정리가 끝나면 갈게요."

그리고 소아보에게 자부와 함께 내려가 황이저에게 가서 그 문갑을 가져와 가마에 넣어두라고 분부하였다.

이에 자부는 가마를 타고 조부리로 갔다. 먼저 온 마차 한 대가 문 앞에 있었다. 자부는 가마에서 내려 문을 들어섰다. 새로 고용한 여자 하인이 그를 알아보고 바로 이 층 가운데 방으로 모셨다. 고승은 문갑을 올려다 주고 바로 물러났다. 자부는 방 안을 둘러보았다. 가구는 모두 갖추어져 있고 생활용품 또한 빠짐없이 준비되어 있었다. 자부는 '좋아, 좋아' 하며

外親內疏
圖謀挾貲

흡족해했다. 그리고 맞은편 손님방을 보려고 하는데, 여자 하인이 손님이 있다며 말렸다.

잠시 후, 대문 밖에서 폭죽이 터지는 소리가 들렸다. 고승과 조가모는 제일 먼저 와서 신속하게 알렸다.

"오십니다."

여자 하인은 황급히 가운데 방으로 가서 납촉 한 쌍을 켰다.

취봉은 안식향을 들고 천천히 걸어 올라와 부모님을 생각하며 절을 했다. 자부는 살금살금 방에서 나와 뒤에 숨어서 보았다. 취봉은 금방 알아채고 고개를 돌려 손짓하며 불렀다.

"당신도 와서 절을 해요."

자부는 웃음을 터뜨리며 물러났다. 황취봉이 말했다.

"그러면 뭐 하러 빤히 보고 있어요. 방으로 돌아가요!"

취봉은 자부를 방으로 밀어 넣으면서 가슴에서 속신 문서를 꺼내 자부에게 주며 다시 한 번 살펴보라고 하였다. 잘못된 곳은 없었다.

취봉은 혼자 침대 뒤로 가서 붉은 가죽 상자 속에서 문갑을 꺼냈다. 자부의 문갑과 비교해보니 색상과 모양이 비슷했다. 문갑 안에는 새 장부 한 권과 열 장 조금 되는 영수증만 들어 있었다.

취봉은 그 자리에서 속신 문서를 넣고 원래대로 자물쇠로 잠갔다. 그리고 이 문갑을 자부의 문갑과 함께 침대 뒤에 있는 붉은 가죽 상자 속에 넣었다. 모든 일이 대충 마무리되자 취봉은 자부에게 방에 있으라고 하고 맞은편 손님방으로 가서 전자강을 집으로 보냈다.

1 사원에서 사용하는 향으로, 향대 여러 다발을 묶어 탑 모양으로 쌓아 올린다. 불을 붙이면 위에서 아래까지 층층이 타 내려간다.

2 서까래같이 큰 양초

50

슬며시 치근덕거리다 일부러 트집을 잡고, 모질게 막으려다 이유 없이 독수를 맛보다

軟厮纏有意捉訛頭 惡打岔無端嘗毒手

황취봉이 새집으로 이사를 간 날, 나자부는 아침저녁으로 쌍대로 술자리를 마련하여 체면을 세워주었다. 열두 시 즈음, 전자강이 집으로 돌아가자 초대받은 손님들이 속속 도착했다. 제일 먼저 온 손님은 갈중영이었다. 갈중영은 우아하고 고급스럽게 장식된 세 칸짜리 기루를 보고 축하해주며 창문 쪽 마루로 나갔다. 이 창문 쪽 마루는 조귀리 손소란의 방과 마주하고 있었다. 중영은 그 너머 방의 유리창을 들여다보았다. 마침 화철미와 손소란이 대작하며 즐거운 시간을 보내고 있었다. 서로 고개를 끄덕이며 인사를 나누었다. 화철미가 갑자기 창문을 열며 말했다.

“자네 시간 있으면 건너오게나. 할 말이 있네.”

갈중영은 술자리가 시작되기에 아직 이르다고 생각되어 나자부에게 말을 하고 가마 없이 걸어서 조귀리로 돌아갔다. 그런데 뜻밖에도 반질반질하고 짙은 비단 옷을 입은 불한당들이 누군가를 기다리고 있는 듯 문 입구에 모여 있었다.

갈중영이 문으로 들어서니 관교 한 대가 뒤이어 응접실로 들어왔다. 중영은 서둘러서 올라갔다. 손소란이 방에서 나와 그를 맞이하며 자리로 안내했다. 화철미는 그가 술을 좋아하지 않는 것을 알고 굳이 술을 권하지 않았다. 갈중영은 할 말이 뭔지를 물었다. 화철미가 말했다.

“자네 아백이 손님을 초대한다는 단찰, 봤는가? 도대체 얼마나 뛰어난 문장인지. 우리 같이 감상이나 하러 가세.”

중영이 말했다.

“나도 막 소운에게 물어보고 알았네.”

그리고 고아백과 윤치원이 내기한 이야기를 해주었다. 화철미는 그제야 이해가 되었다.

“지금 하는 말이지만, 요문군의 집에서는 자라 때문에 손님을 초대하기 힘들긴 해. 그래도 노기창에서 왜 방을 빌리려고 할까 했는데 치원이 좋아한 거였군.”

이 말이 채 끝나기도 전에 아주머니 김저가 찻잔을 가져와서 소란의 귀에 대고 조용히 속삭였다. 소란은 깜짝 놀라며 바로 여자 하인에게 식사를 올리라고 했다. 화철미가 이상해서 물어보니 소란이 나지막한 목소리로 말했다.

"자라가 여기에 왔대요."

철미도 그만 혀를 내두르며 술상을 정리하고 식사를 했다. 식사를 하고 있는데, 갑자기 뒤쪽 정자간에서 쨍그랑 하고 소리가 났다. 찻잔 깨지는 소리 같았다. 이어서 질타하고 욕설을 퍼붓는 소리들과 말리고 해명하는 소리들이 왁자지껄하게 들려왔다. 벌써 서너 명의 불한당들이 응접실로 쳐들어와서 마치 명령을 받고 순찰하는 것처럼 소란의 방문까지 와서 안을 살펴보았다.

갈중영이 계속 앉아 있기 불편하여 가려고 하자 화철미가 잠시 있다가 같이 가자고 했다. 손소란은 붙잡지도 못하고 다급히 찻잔을 내려놓고 손수건으로 입술을 훔치며 쫓아 나갔다. 뇌공자는 흥분을 가라앉히지 못하고 소리를 지르며 소란의 방에 어떤 은애를 베푸는 손님이 있는지 보려고 했다. 그의 하수인들은 주먹을 만지작거리며 싸울 준비를 하고 있었다. 아주머니와 여자 하인은 해명할 틈도 없이 이 사람 저 사람을 잡아당겨 보았지만 그들을 막지 못했다. 소란은 마지못해 뇌공자에게 다가가서 그를 앉히고 웃으며 완곡하게 사과의 말을 올렸다. 뇌공자는 정리상 함부로 행동하지 못하고 한 번 웃고는 그만했다. 불한당들도 키를 돌리고 닻을 올리듯 아주머니와 여자 하인이 경거망동했다며 잘못을 그들에게 돌렸다.

그때 갈중영과 화철미는 서둘러 자리에서 일어나 방을 나왔다. 손소란 역시 배웅할 엄두를 내지 못하고 뇌공자를 안으로 모셨다.

"가시죠."

뇌공자는 짐짓 모르는 체하며 물었다.

"어디로 가?"

"저의 방이요."

뇌공자는 교의에 뻣뻣한 자세로 앉아서 큰소리를 쳤다.

"안 가. 나보고 빈자리를 채우라는 거야!"

불한당들도 그 말을 듣고 허세를 부리고 성질을 내며 꼼짝하지 않았다. 소란은 뇌공자의 두 손을 잡으며 마음을 가다듬고 나긋한 목소리로 애원했다. 그러자 뇌공자는 자기도 어쩌지 못하고 거들먹거리며 따라 들어갔다. 한쪽에서는 아주머니와 여자 하인이 불한당들을 달래어 모두 방으로 들어가게 하였다.

그런데 뇌공자는 자신의 발밑만 쳐다보며 들어가다 미처 머리 위를 보지 못하고 그만 위에 걸려 있던 가스등에 꽝하고 부딪히고 말았다. 그 바람에 피가 날 정도는 아니었으나 살갗이 살짝 벗겨졌다. 뇌공자는 그제야 머리를 들어 보며 소리를 질렀다.

"이 버릇없는 가스등도 나를 무시해!"

뇌공자는 손에 쥐고 있던 상아 손잡이 부채로 툭툭 치며 안팎의 유리를 죄다 부수었다. 소란은 잠자코 가만있었다. 불한당들은 이 말 저 말을 하며 뇌공자를 거들었다. 한 불한당이 말했다.

"가스등이 도련님을 몰라봤네요. 은애를 베푸는 손님이었다면 치지 않았겠지요! 가만히 보니, 영리한데요."

그러자 또 다른 한 불한당이 말했다.

"가스등은 말을 못하지만, 네 머리를 쳤으면 널 쫓아내려는 것과 같은 거야. 알겠어?"

그러자 또 다른 불한당이 말했다.

"우리는 이 방에 꼭 들어와야 하는 건 아니니까 괜히 가스등 탓하지 마."

뇌공자는 이들의 말을 무시하고 손소란을 돌아보며 말했다.

"속상해하지 마. 내가 배상해줄게."

소란은 빙그레 웃으며 말했다.

"농담 말아요. 우리가 잘못 걸어놓았는데 도련님이 배상하시다니요."

뇌공자는 금방 침울한 표정을 지으며 말했다.

"그래서 싫어?"

소란은 얼른 말투를 고치며 말했다.

"도련님이 주시는 상이라면 왜 마다하겠어요. 배상하신다고 하니 괜찮다고 한 거죠."

뇌공자는 또 기분이 좋아져서 입을 헤벌쭉거렸다. 그의 수하들은 감을 잡지 못해서 비난을 하다가도 과장되게 칭송하기도 하였다. 소란은 그들은 안중에 두지 않고 뇌공자에게만 신경을 썼다.

뇌공자는 심부름꾼을 불러 당장 생전양광화점의 경리에게 가서 각종 크기의 가스등들이 필요하니 보내달라고 했다. 잠시 후, 심부름꾼은 점원을 데리고 왔다. 뇌공자는 방 안에 있는 등을 모두 떼어내고 새 가스등으로 바꾸라고 했다. 점원은 그의 명령대로 남포등 열 개를 촘촘히 걸었다. 소란은 뇌공자의 마음이 아직 풀리지 않은 것을 보고 가만히 하는 대로 두었다. 뇌공자는 소란이 조심스럽게 시중을 드는 것을 보고 친근하지도 않고 차갑지도 않은 게 무슨 의도인지 알 수 없었다.

뇌공자는 소란의 손을 잡고 침대 가장자리에 걸터앉아 이것저것 물어보았다. 소란은 정신을 바짝 차리고 묻는 말에만 대답하고 여러 말 하지 않았다. 이 방에 어떤 손님이 있었는지를 묻는 말에 소란은 대답하지 않으려다 뇌공자가 이것을 구실로 귀찮게 할까 봐 솔직하게 깨어 놓고 화철미였다고 말했다. 뇌공자는 갑자기 벌떡 일어나며 말했다.

"진작 화철미라는 걸 알았더라면, 같이 보았으면 좋았을 텐데!"

소란은 가만히 있었다. 그 불한당들은 우르르 모여들며 끼어들었다.

"화철미는 대마로 교공관에 살고 있으니까 초대하러 갈까요?"

뇌공자가 아주 기뻐하며 말했다.

"좋아! 좋아! 교노사도 같이 모셔와!"

그리고 그는 바로 초대장을 썼다. 이 초대장 외에도 함께할 몇 명의 손님들이 생각나서 한꺼번에 초대장을 썼다. 종용하지도 말리지도 않았으며 소란은 그냥 내버려두었다.

뇌공자는 혼자서 기분이 좋아져서 한참을 난리법석을 떨었다. 그런데 여전히 조용히 있는 소란을 보자 갑자기 화가 났다. 심부름꾼이 손님을 초대하러 갔다 와서 어떤 사람은 일이 있다고 말하고, 어떤 사람은 집에 없어 초대하지 못했다고 아뢰었다. 뇌공자는 그가 제대로 일을 하지 않아 '빌어먹을 놈'이라고 욕을 하며 물러가라고 소리쳤다. 그리고 다시 화가 치밀어 올랐다.

"모두들 못 온다고 하니까 우리끼리 마시지 뭐!"

곧바로 국표를 썼다. 뇌공자는 열 명이 넘는 기녀를 불렀다. 날은 벌써 어둑해졌고 탁자 두 개를 붙여 술자리를 준비했다. 소란은 뇌공자가 공연히 트집을 잡을까 아주머니에게 가스등을 모두 켜라고 했다. 그런데 가스등의 불빛에 눈이 부시고 게다가 머리가 뜨거워져서 이마에 구슬땀이 맺혔다. 뇌공자는 오히려 만족스러워하며 손뼉을 치고 환호성을 질렀다. 게다가 불한당들도 방이 떠나갈 듯이 우레 같은 소리를 질렀다. 소란은 자리에 앉아 있다가 기녀들이 오면 기회를 봐서 빠져나가려고 했다. 그러나 뇌공자는 그가 부른 기녀들을 뒤로 물러나 앉게 하고 소란에게만 치근덕거렸다. 게다가 이날 밤 소란은 그녀를 부르는 술자리도 없어 피신할 곳도 없었다.

처음에 소란은 예를 갖추어 술을 따랐다. 그러나 뇌공자는 그 잔을 소란의 입술에 갖다 대고 대신 마시라고 명령했다. 소란이 얼굴을 돌리자 뇌공자는 잔을 탁자에 꽝하고 내려놓았다. 소란은 곁눈질을 하고 그 잔을 쥐고 웃으며 완곡하게 말했다.

"제가 술 마시기를 원하시면, 저에게 한 잔 주셔야죠. 제가 드린 술을 다시 저에게 마시라고 하시는 건 도련님이 주도를 모르시는 거지요."

그녀 역시 술잔을 탁하고 뇌공자 앞에 내려놓았다. 뇌공자는 웃으며 먼저 그 잔을 비웠다. 그리고 다시 한 잔을 채우고 소란에게 주었다. 소란이 잔을 비우자 모두들 갈채를 보내었다.

뇌공자는 신이 나서 계속 대작하려고 하였다. 그러자 소란은 미간을 찌푸리며 말했다.

"도련님, 부탁드려요. 제가 술이 약해요."

뇌공자는 깜짝 놀라며 말했다.

"네가 또 나를 무시하는구나! 술이 세다고 소문 났는데도 못 마신다는 거냐!"

소란이 냉소를 지으며 말했다.

"도련님은 저를 죽일 생각이시군요! 제가 술을 마시는 것도

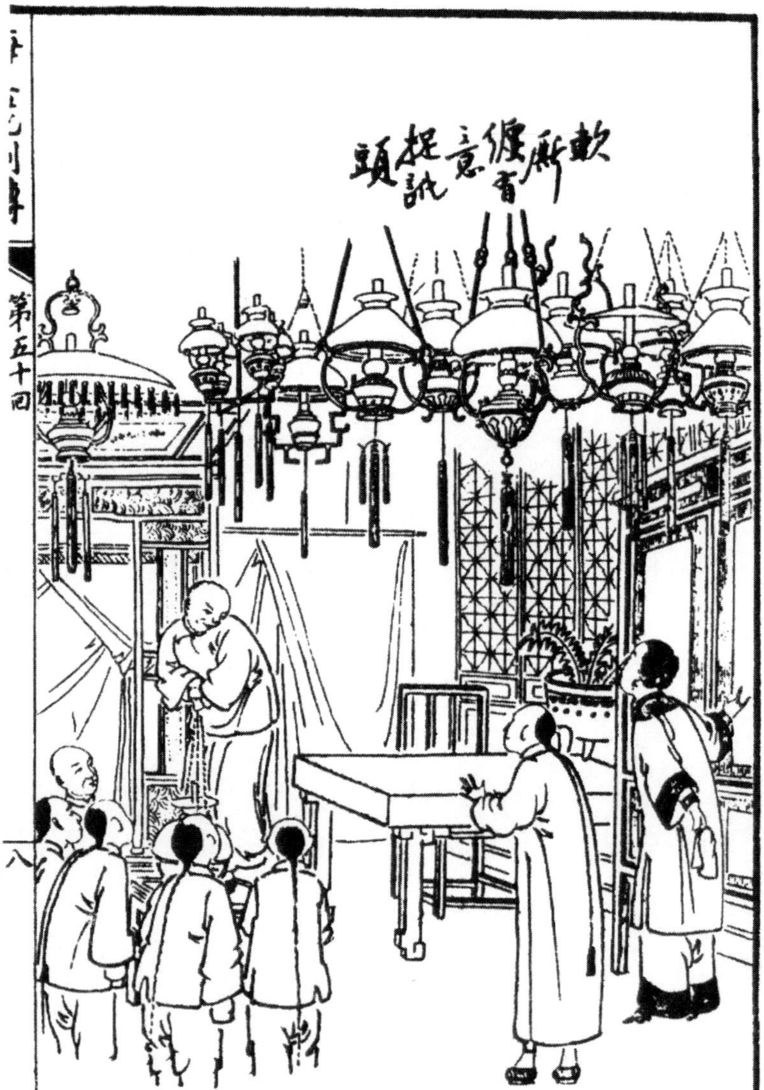
第五十回
軟廝纏有意捉訛頭

배운 겁니다. 계항배 한 잔을 비우면, 조금 뒤에 도로 후벼 파서 술을 끄집어내는 거예요. 그래서 술을 마실 수 있는 거예요. 손님들은 우리가 한 잔을 비우는 것을 보고 주량이 세다고 하지만, 사실 돌아가서 토해야 속이 편안해진다는 걸 몰라요."

뇌공자도 냉소를 지으며 말했다.

"못 믿겠으니 계항배 한 잔 마시고 내 앞에서 후벼 파봐."

소란이 일부러 말을 돌렸다.

"뭘 후벼 파보라는 거예요? 도련님, 후벼 파서 다시 사람들에게 보이라는 거예요?"[1]

뇌공자는 전혀 희롱할 뜻 없이 한번 해본 말이었는데, 이 말을 듣고 보니 기분이 좋아져서 오른 팔을 벌리고 소란을 껴안으려고 했다. 소란은 눈치 빠르게 깜짝 놀라는 체하며 소리를 지르고 도망쳤다. 그때 아주머니 김저가 주렴을 사이에 두고 고갯짓을 했다. 소란은 방을 나와 이유를 물었다. 알고 보니 화철미의 하인 화충(華忠)이 주인의 명령에 따라 뇌공자가 어떻게 하고 있는지 알아보려고 왔던 것이었다. 소란은 대충 들려주었다.

"돌아가서 나리께 전해드려. 계속해서 소란을 피우며 날 트집 잡으려고 하니 무슨 좋은 방법이 없는지 여쭌다고 말이야."

화충이 대답하기도 전에 술자리에서 '선생' 하고 불렀다. 소란은 마지못해 방으로 돌아갔다. 화충은 숨소리와 발소리를 죽여가며 안을 살짝 들여다보았다. 주렴 사이로도 열기가 느껴졌다. 맨머리와 맨발, 웃통을 벗은 사람들이 한둘이 아니었다. 뇌공자가 있는 쪽은 열 명이 넘는 기녀들이 겹겹이 둘러앉아 그 열기를 더했다.

뇌공자는 소리를 쳐서 길을 비키게 하고 소란을 상석에 앉혀서 화권을 하려고 했다. 그러나 소란이 거절하며 말했다.

"할 줄 몰라요."

뇌공자는 탁자를 내리치며 소리쳤다.

"그것도 못 한다는 거야!"

"배우지 않았는데 어떻게 할 수 있겠어요. 도련님이 하신다면 내일 당장이라도 배울게요. 배우고 나면 그때 해요."

뇌공자는 눈을 부릅뜨고 거칠게 굴었다. 다행히 불한당들이 말렸다.

"선생입니다. 선생이 하는 일은 연주하고 노래 부르는 것이지, 화권이나 하는 게 아니에요. 그러니까 노래나 불러보라고 하지요."

소란은 더 이상 거절할 핑계가 없어 비파 줄을 골랐다.

화충은 이런 불한당들은 모두 파락호의 자제이거나 오송구에 주둔하고 있는 군함에서 일하는 사람들이라는 것을 눈치채고, 괜히 마주쳐서 그들이 캐물으면 대답하기도 곤란하니 얼른 나갔다. 그리고 곧바로 대마로의 교공관으로 돌아가 주인에게 전해주었다. 화철미는 한참을 생각해보아도 소란을 꺼내올 방법이 없어서 그냥 내버려두었다.

다음 날 아침 식사를 끝내자 어느 남자 하인이 소란의 명함을 들고 찾아왔다. 화철미는 또 한 번 생각해보고, 먼저 화충에게 뇌공자가 오늘 어디에서 놀고 있는지 알아보라고 하였다. 자신은 상황을 보고 가마를 타고 조귀리의 손소란의 집으로 가서 기다리고 있겠다고 했다.

소란은 화철미를 보자마자 말할 수 없는 억울함에 '흑흑' 소리 내며 울었다. 화철미는 조용히 달래기만 했다. 소란은 뇌공자가 다시 올까 급히 상의하려고 했다. 그러나 화철미는 속수무책 길게 한숨만 내쉬었다. 소란이 말했다.

"일립원에서 한 며칠 지내는 건 어때요?"

화철미는 절대 안 된다며 고개를 가로저었다. 소란이 그 이유를 묻자 철미가 말했다.

"얼마나 불편한지 넌 몰라. 우선 제운수에게 말하기도 그래. 자라는 우리 집안과는 대대로 친분이 있는데, 제운수가 알게 되면 난처해질 것 같기도 하고 말이야."

"요문군이 일립원에 있는 것도 자라 때문인데, 왜 불편해요?"

철미는 할 말이 궁색하여 가만히 있었다.

오랜 침묵을 깨고 소란이 콧방귀를 끼며 말했다.

"흥, 당신이라는 사람 잘 알죠. 작은 일도 당신에게 부탁하면 늘 도와주지 않잖아요. 걱정 말아요. 그냥 당신에게 말해본 거니까. 제대인에게는 제가 직접 말할게요. 그러면 자라가 알아도 당신과는 상관없을 거예요."

화철미가 손뼉을 치며 말했다.

"그러면 되겠네. 나중에 노기창에 가서, 말하려면 하든지."

소란은 다시 '흥' 하고 콧방귀를 뀌고 더 이상 말하지 않았다.

두 사람은 원래 조용한 편인데, 지금 약간의 언쟁이 붙어 점점 서로 아무 말도 하지 않고 있었다. 화충이 돌아와서 아뢰었다.

"지금 도련님은 마차를 타고 여기로 오고 있다고 합니다."

화철미는 이 소식에 아주 당황해하며 그제야 입을 열고 대답했다.

"난 일어날게."

소란은 이 소식에 더욱 화가 나서 한참 있다가 겨우 입을 열고 대답했다.

"당신 마음대로 하세요."

이에 화철미는 화충에게 여기에 남아 있으라고 하고, 만약 뇌공자가 이곳에서 말썽을 부리면 속히 노기창으로 와서 알리라고 했다. 소란은 김저에게 뇌공자가 오면 잘 대접해주고, 노기창에서 불러서 나갔다고 사실대로 말하라고 분부했다.

두 사람은 아래층으로 내려가서 각자 가마에 올라탔다. 조귀리를 빠져나오는데 말발굽 소리와 마차바퀴 소리가 저 멀리서 들려왔다. 석로를 들어서더니 순식간에 바람과 번개를 쫓

듯 가마 옆에 바짝 붙었다. 화철미는 뇌공자일 거라고 생각하고 고개를 내밀어 보았는데, 사천연이 조이보와 함께 마차 두 대에 나눠 타고 남쪽으로 가고 있었다. 아마도 고아백이 초대한 모양이었다. 마차가 지나간 후 가마는 천천히 앞으로 갔다. 타구교를 돌아 법대마로를 경유하여 노기창에 도착했다. 그 앞에는 여러 대의 빈 가마와 마차들이 있었다. 분명 사천연이 먼저 도착한 것이었다. 그 뒤로 계속해서 가마들이 왔다.

화철미와 손소란은 잠시 기다렸다. 가마들이 문 앞에서 일제히 멈추었다. 갈중영, 주애인, 도운보와 그들이 데려온 오설향, 임소분 그리고 담여연의 가마였다. 서로 인사를 나누고 차례대로 안으로 들어갔다.

고아백은 안에 있다가 그들을 보자마자 두 명의 광동 출신 기녀들과 함께 앞쪽 복도로 나와 크게 웃으며 맞이했다.

"재촉하는 초대장을 막 보냈는데 마침 모두들 오셨네. 천연 형은 벌써 도착했으니 모두 약속한 시간에 모인 것 같네."

일행은 계단을 오르며 홀에 들어갔다. 사천연과 조이보 외에 윤치원, 주숙인, 도옥보도 먼저 와 있었다. 모두 인사를 나누고 자리에 앉으려고 하는데 도운보가 입을 열었다.

"나야 약속한 것은 아니지만 치원 선생의 절세 기문 때문에 특별히 가르침을 청하러 왔네. 얼른 보여주게. 더 이상 못 기다리겠네."

윤치원이 말했다.

"손님이 모두 모이고 나면 보여줄 테니 너무 조바심 내지 말게."

갈중영이 말했다.

"언제까지 기다려야 하나?"

고아백이 말했다.

"곧. 진소운과 제운수만 모이면 돼."

모두 어쩔 수 없어 서로 자리를 권하며 앉았다. 그런 다음 이곳의 홀을 찬찬히 살펴보았다. 정말로 독특한 분위기에 색다른 디자인은 상해의 기루들과 달랐다. 병풍난간과 창문은 새기거나 상감한 것으로, 화리목, 은행나무, 황양목, 자단목이 층층이 정교하게 조각되어 있었다. 휘장과 주렴은 그림을 그렸거나 자수를 놓은 것으로, 호주산 주름 비단, 관사, 남경 주단, 항주 비단이 색색이 선명하게 염색되어 있었다. 대들보, 기둥, 벽, 문 등은 푸른색이 위로 타고 올라가고 붉은색이 아래로 타고 내려왔다. 책상, 의자, 탑상, 옷장 등과 같은 가구들은 광채가 나고 값비싼 것들이었다. 화분에 핀 이채로운 꽃이며, 벽에 걸린 서예와 명화들, 진열된 골동품과 장식품, 품평의 대상인 귀한 과일과 훌륭한 차는 더 이상 말할 필요 없었다.

모두들 광동 기녀들에게 시선을 옮겨 자세하게 살펴보았다. 나가고 들어오며 교대로 시중드는 기녀들이 대략 이삽십 명으로, 상해 기루의 기녀들과는 전혀 달랐다. 머리를 빳빳하게 말아 올렸거나 머리카락이 삐죽삐죽 튀어나오게 땋았거

나, 양쪽 눈꼬리에 진녹색의 동글동글한 고약 같은 것을 붙이고 있거나, 머리 뒤쪽에 큼직한 붉은 털실 공을 달랑달랑 꽂고 있었다. 더 특이한 기녀들도 있었다. 복사꽃 같은 양쪽 볼은 마치 뺨을 맞아 퉁퉁 부은 것 같고, 수양버들 같은 허리는 마치 등골 근육을 꽉 눌러 세워놓은 것 같았다. 또한 나풀거리는 양쪽 소맷자락은 마치 돼지 귀 같고, 뚜벅뚜벅 걷는 신발은 마치 거북 등껍질 같았다. 체력을 말하자면 가히 놀라울 정도였다. 주애인이 가볍게 농담하기만 하면 창기들은 웃으며 욕설을 하고, 몸을 비비꼬며 겹옷 사이로 주애인의 팔을 살짝살짝 꼬집었다. 주애인은 아프다고 소리를 질렀다. 그가 얼른 팔을 걷어 보니 손톱자국이 세 군데나 나 있고, 자색빛이 도는 푸른 멍은 잘 익은 우유포도[2] 같았다. 사람들은 그 광경을 보고 서로 돌아보며 경계하라며 어느 누구도 농담을 하거나 장난을 치지 않았다. 광동 기녀들은 한시도 조용히 있지 못하고 재잘거렸다.

다행히 바깥에서 아뢰었다.

"제대인께서 오셨습니다."

모두들 그 틈을 타서 일어나 그를 맞이했다. 제운수는 이완방, 주쌍옥, 장수영, 임취분, 요문군, 소관향 여섯 명의 아리따운 기녀들을 데리고 왔다. 그제야 광동 기녀들은 낄 수 없어 더 이상 치근덕거리지 않았다.

제운수는 사람들을 쭉 세어보고 치원에게 말했다.

"손님들은 다 모였으니 자네의 기문을 보여주게."

고아백이 대신 대답했다.

"다 모인 것은 아니지만 다 모인 것과 같습니다. 진소운은 잘 모를 테니 굳이 기다릴 필요 없겠지요."

윤치원은 그 말을 따르지 않았다.

"진소운을 무시하면 안 되지. 조금 있다가 해도 괜찮아."

사천연이 끼어들며 물었다.

"손님이 다 모이지 않아도 괜찮은데 왜 기다리려고 하는가?"

화철미도 한 마디 끼어들었다.

"내 생각에, 치원 선생의 절세 기문이 아직 완성이 안 된 모양이네. 말로는 보여준다, 보여준다 하면서 어물쩍 넘어가려고 하는 것 같은데."

갈중영, 주애인, 도운보 모두 손뼉을 치며 말했다.

"맞아. 분명히 아직 완성이 안 된 거야."

모두 한 마디씩 서로 건넸지만 주숙인과 도옥보만은 한 마디도 하지 않았다. 윤치원은 빙긋이 웃기만 했다. 서로 담소를 나누는 사이 진소운도 김교진을 데리고 도착했다. 제운수가 말했다.

"자, 무슨 말이라도 해보게."

윤치원이 말했다.

"완성도 안 한 제가 무슨 말을 하겠습니까?"

제운수는 근엄한 표정을 짓고 목소리를 깔며 화가 난 듯 만 듯한 어조로 말했다.

"가지고 오게나!"

---

1 '후벼 파다'라는 의미의 '와(挖)'는 성적 의미를 나타내는 대명사이다. 나이든 여자와 교합하는 것을 '오래된 우물을 후벼 파다(挖古井)'라고 하는 것과 같다. 소란은 뇌공자가 그녀에게 실제 춘궁을 표현해달라고 하는 것으로 받아들였다.[장]

2 하북성(河北省) 장가구(張家口) 지역의 선화(宣化) 일대에서 재배하는 포도로 백포도 종류에 속한다. 포도 껍질은 황록색을 띠며 얇다.

51

〈예사〉는 가슴속 불만을 담아내고 소만은 눈앞의 총애를 다툰다

胸中塊〈穢史〉寄牢騷 眼下釘小蠻爭寵眷

윤치원은 박장대소를 하며 가슴 속에서 원고를 꺼내어 제운수에게 건네주었다. 모두들 서로 보려고 옆으로 모여들었다. 첫째 줄에 「예사외편(穢史外編)」[1]이라는 넉 자의 표제가 있었고 그 아래 문장이 줄을 이었다.

고당 씨에게는 두 명의 딸이 있었는데, 집안이 집단성교를 즐겨하여 사람들이 야합(野合)[2]하기를 원하였다. 등도자(登徒子)[3]와 같은 호색한들은 저잣거리 찾듯이 들락거렸다. 석(石)이라는 하녀는 '인온사(氤氳使)'[4] 역할을 하며, 문의 오른쪽에 옥척으로 조절하여 침상에서의 상하 등급을 따로 표시하였다.

동쪽 담벼락 너머에 사는 생(生)은 그 소식을 듣고 와서 말했다.

“저의 것은 노애(嫪毒)[5]의 대음과 비할 수 있으며, 기술은 수레를 멈추게 할 정도로 뛰어납니다. 청컨대, 창종(昌宗)[6]의 독점 관직인 공학부(控鶴府)[7]를 관리하기를 바랍니다.”

이에 불쑥 솟은 것을 석에게 보여주었다. 단(美石)의 날처럼 숫돌에 잘 갈려 기회를 기다리고, 모수의 송곳처럼 뾰족 튀어나와 있었다. 석이 흘깃 보고 웃으며 말했다.

“크기도 작을뿐더러, 모양은 갖추었으나 보잘것없군요. 사람들이 어찌 좋다고 하겠습니까. 더부살이하는 데릴사위 격이군요.”

생이 말했다.

“그렇지 않습니다. 정액이 많은 자는 물건이 크고, 체격이 좋은 자는 종아리를 사용한다고 들었습니다. 소를 해부한 게 열두 마리나 되지만, 예리한 칼날이 멈추지 않는 것은 그 틈 사이를 깎아내고 구멍을 따라 칼날을 움직이기 때문이며,[8] 이 모두가 만물의 이치를 이해하였기 때문입니다. 그대는 겉모습만 보지 마시고, 제 몸을 경험해보십시오.”

석이 말했다.

"저를 방으로 불러들이고, 그대가 만들어놓은 항아리 속에 드십시오."[9]

그리하여 두 여인을 만났다. 그들은 기뻐하며 그를 환대하였다. 술은 회수(淮水)만큼 풍성하고, 그 사람들은 옥처럼 아름답고 농염했다. 마치 측천무후를 위한 무차법회를 열게 하고, 유장(劉鋹)[10]마냥 대체쌍(大體雙)[11]을 구경하게 하였다.

한껏 술에 취하자 석이 들어와 아뢰었다.

"저희 주인님에게 비옥하지 못한 개울가의 수초가 있으니, 그대를 집사로 추천하고자 합니다."

생이 황공하여 자리를 피하며 대답했다.

"세 명의 여인은 아름다운데, 한 명의 남자가 관문을 지키다 혹여 실패하여 부끄러울까 두렵고, 무너질까 두렵습니다. 음주(淫籌)[12]를 하되 주령과 연회를 섞어 서희(徐熙)[13]의 화첩에 따르고 왕건(王建)[14]의 궁사(宮詞)를 연기하기를 청합니다. 삼주수[15]에 비취새 둥지 틀고, 십양화[16]에 아미의 곡보를 다투면 이 역시 충분하지 않겠습니까?"

모두가 "좋다"라고 말했다.

이리하여 네 개의 자리를 둘러치고, 육부(六簿)[17]를 펼쳤다. 고 씨가 격앙되어 외치니, 풍월은 셋으로 나뉘어도 하나로 어우러졌다. 생이 말했다.

"이것은 '추천희(鞦韆戲)'입니다."

고 씨는 스스로 비단을 찢어 정강이를 묶고, 양쪽 기둥에 매달렸다. 중문이 활짝 열리고, 삼엄하게 진을 쳐서 기다렸다. 생은 기운이 왕성할 때 진격하려고 갑옷도 입지 않고 달려들었다. 영고숙(穎考叔)이 끌채를 끼고,[18] 양유기(養由基)가 갑옷을 뚫는 기세였다.[19] 고 씨는 상대를 쉽게 다룰 줄 알았다. 강할 때는 약하게 하고, 가득 찰 때는 비우게 하고, 합쳤다가는 다시 풀고, 끌어당기곤 곧 밀어내었다. 채찍이 길어도 말의 배에는 닿지 않았고,[20] 피부가 붙어 있어도 털에는 전해지지 않았다.[21] 생이 놀라 세 차례나 물러났다. 고 씨가 미소를 지으며, 머리부터 발끝까지 어루만졌다.[22] 용은 이미 물속에 잠겨 쓰임을 잃었고, 자벌레 역시 말려 오그라져서 펴지질 않았다. 냄새도 없고 소리도 없는 것이 마치 비구가 입정(入定)에 들어간 듯하고, 밀고 당기고 하는 것이 마치 꼭두각시가 무대에 올라 놀음을 하는 듯하였다. 옆에서 구경하는 이들이 그것을 희롱하였다.

생은 내심 부끄러웠지만, 변명할 겨를도 없이 서신(胥臣)이 그의 말에 호피를 씌워 내달리고,[23] 후 씨가 그의 닭 발톱에 금발톱을 끼우며[24] 싸울 태세를 갖추었다. 화원(華元)이 갑옷을 버리고 다시 돌아오고,[25] 진근보가 천을 잡고 다시 올라가듯 했다.[26] 이에 활시위를 팽팽하게 당겼다가 다시 느슨하게 하고,[27] 싸우다가 다시 부리를 다듬었다.[28] 일곱 번 잡았다가 일곱 번 풀어주고,[29] 열 번을 돌격하여 열 번을 돌파하였다.[30] 왕발(王勃)이 마당(馬當)의 바람을 타고[31] 저 멀리 배를 타고 가며 멈출 곳을 알지 못하고, 육손(陸遜)이 어복(魚複)의 진에 현혹되어[32] 갈팡질팡 어떻게 해야 할지 알지 못하는 듯했다. 고 씨는 소리를 지르며 그만하라고 애원했다.

"됐어요. 오늘에야 죽는다는 게 무엇인지 알겠어요."

다음은 당 씨 차례로, 타고난 재기를 지녔다. 그녀가 얻은 상은 '후정화(後庭花)'[33]였다.

당 씨가 말했다.

"바른 길을 버리고 따르지 않고, 하류를 쫓아 근본을 잃는 짓[34]은 아니 됩니다."

생이 말했다.

"여포는 원문 밖 창끝을 화살로 쏴 맞히고,[35] 오(奡)는 육지에서도 배를 저을 수 있었습니다.[36] 하물며 다치겠습니까?"

생은 당 씨의 양손을 바닥에 짚게 하고, 자신은 그 뒤에 올라탔다. 월궁이 열렸다. 가로 보면 고개로 보이고 옆으로 보면 봉우리 같았다.[37] 하늘의 표주박[38]을 엎어 놓은 듯, 손을 뒤집으면 구름이 되고, 손을 엎으면 비가 되었다.[39]

고 씨가 제지하며 말했다.

"그만하세요. 암컷은 비록 엎드려 있더라도, 계곡은 비워 둘 수 있나요?"[40]

생은 그제야 멈추었다. 당 씨는 성을 내었다.

"등에는 가시가 있고, 양탄자에는 바늘이 있어서 위험했어요."

생이 석에게 패를 펴라고 했다. 그러나 석은 응하지 않았다. 당 씨가 말했다.

"하하! 병 입구처럼 지키고, 해심에 꼭 싸여 있구나. 석아, 석아, 꼭 다른 사람 같구나!"

생은 믿기지 않아 솥 안으로 손가락으로 휘저어보니,[41] 풀은 무성하나 아직 다 자라지 않았고, 이제 막 샘은 졸졸 흐르기 시작했다.

잎 속에 묻힌 부용이 깊이 숨어 꽃을 드러내지 않고, 가지 끝 두구[42] 꽃잎은 터진 듯 다물고 있는 듯했다. 팔목을 움켜쥐며 감탄하였다.

"가장 흰 것은 염색을 해도 검게 되지 않는다지?[43] 뚫을수록 견고한 것이 탁월하도다![44] 힘센 장사가 아니고서야 새들이 넘나드는 험준한 길을 뚫을 수 있을 것이며,[45] 어찌 패왕이 홍구(鴻溝)[46]를 나누려 했겠는가?"

이에 고 씨 차례가 되었다.

고 씨가 패를 펼치며 깔깔 웃으며 말했다.

"애초 절굿공이는 원상단(元霜丹)[47]을 찧었는데, 어찌 감로 쟁반 금경(金莖)이 감로를 우러러 받을 수 있겠는가?"
생이 말했다.
"어떻게 '도수련(倒垂蓮)'[48]을 아니 할 수 있겠습니까? 기술이 있지요. 제가 배를 불룩하게 하면, 그대는 허리를 숙이십시오."
그리고 바로 전쟁에 돌입하여 서로를 어루만졌다. 생이 아주 여유로운 자세로 석에게 돌아보며 말했다.
"푸줏간에서 입맛만 다시고,[49] 생선가게에서 오래 냄새를 맡고 있으면[50] 어찌 정욕이 생기겠는가?"
석이 말했다.
"춘풍이 옥문관을 넘지 않은 것은[51] 나의 청춘이 길다는 것이겠지요. 황룡부에 이르러서야 그대와 통음하며 다시 하는 것은[52] 어떤지요?"
생은 공손하게 허락하며, 깃발을 뽑고 해자 속에서 우두 솟았다. 배수진을 치고 사기를 진작시키고, 진주를 찾아서 해저로 다시 돌아가 미려(尾閭)의 혈[53]을 쓸어낸다. 석은 마치 토끼가 도망가는 듯 극심한 고통을 느꼈다.[54]
고 씨가 말했다.
"항아가 달아난 격이네. 거사 역시 계수나무꽃 향을 맡으셨는지요?"[55]
생은 기뻐하며 박수를 쳤다.
당 씨 차례가 되자, '농옥소(弄玉簫)'[56]의 상이었다. 석이

와 의논하였다.

"이미 짐승으로 대하지만 돼지로 사귈 수 없으며,[57] 하물며 닭 부리가 될지언정 소 꼬리는 되지 말아야지. 너는 나를 위해 그것을 도모하라."

석은 명을 받들고 양손으로 받쳐 들고, 입으로 받아들였다. 쌍환이 격동되고, 기운이 말렸다 펼쳐졌다. 흐느껴 우는 것이 지렁이 구멍에서 파리 소리 같았다. 고 씨가 말했다.

"아프지도 않은데 신음을 하는구나. 비록 백설기만을 먹어도 취한다고 하는데,[58] 혼돈[59]인지, 도철[60]인지?"

당 씨가 말했다.

"양초를 만져야 그 형태를 알고, 솥 안의 음식을 맛보아야 그 맛을 알지. 여와씨가 신령스럽다는 걸 수긍 안 할 수 있는가?"

석 역시 자기도 모르게 웃음이 나왔다.

생은 이미 때를 닦고 광내고 털을 깎고 골수까지 말끔히 씻었다. 새로 간 칼의 예리함을 드러내고 숙련된 기술에 여유가 넘쳤다. 고 씨는 더 이상 대적하지 못하고 '궁만무(弓彎舞)'[61]를 얻어 당 씨에게 양보했다.

생은 싸움에 더욱 힘을 발휘하여 가운데는 강하고 밖으로는 빨랐다. 음과 합하니 양이 열렸다. 왼쪽으로 돌고 오른쪽으로 뽑아 크게 품고 섬세하게 들어갔다. 마치 맹호의 포효 같고, 신용의 꿈틀거림 같았으며, 소나기와 폭풍이 몰아치는 것 같고, 날쌘 수레와 준마가 서로 경주하는 것 같았다. 갑자기 감칠맛이 나며 빠르게 물이 흘렀다. 살과 골수에까지 스며들어 마치 뼈가 없는 듯 부드러워졌다. 배가 부를 정도로 한껏 받아들여[62] 어루만지니 모서리가 있는 것 같았다.[63] 그 얕음과 깊음을 다하여 단은 아홉 번 돌아 만들어지고, 함께 들어가고 함께 물러갔다.[64] 곡이 세 번 연주되고 끝이 났다. 그 아래의 수레바퀴 자국을 보니, 빨래 방망이가 뜰 정도로 죽은 자들의 피가 낭자했다.[65]

생이 말했다.

"춘약에 효험이 있기를 바라며, 음부(淫府)에 하명해달라고 청하십시오. 한낮에 세 번을 접할 수도 있는데, 남은 힘을 모아 성 아래에서 마지막 일전을 벌이는 것도 무방하겠지요?"[66]

고 씨와 당 씨가 함께 말했다.

"그만하세요 선생님! 다른 날에 해요!"

생은 관대를 착용하고 작별인사를 했다. 두 명의 여자는 〈채봉(采葑)〉[67]의 앞 소절을 부르며 배웅했다. 사자에게 세 번 숙배하고 물러났다.

모두 다 읽고 나서 멍하니 넋을 잃고 제운수만을 바라보았

海上花列傳
第五十一回
十五

다. 그런데 뜻밖에도 제운수는 '좋아, 좋아!'라고 찬탄하였다. 사천연과 화철미는 그 문장을 손에서 내려놓지 못하고, 갈중영과 주애인 그리고 도운보는 끊임없이 칭찬을 하였다. 주숙인과 도옥보도 감탄했다. 모두 이구동성으로 말했다.

"가히 절세의 기문입니다!"

갈중영이 말했다.

"여기 전고는 모든 사람들이 알고 있지만 이렇게 사용하는 법은 일찍이 없었어."

화철미가 말했다.

"적절하게 사용했다는 게 훌륭해. 딱 들어맞으면서도 명확하기까지 하니까. 왕희지가 처음에 『난정(蘭亭)』을 썼을 때처럼 그 뜻을 그대로 따르고 있어."

주애인이 말했다.

"가장 뛰어난 것은 '편자계추(鞭刺鷄錐)'나 '마빈구찰(馬牝溝札)'과 같이 아주 상스러운 이야기를 아주 품위 있어 보이게 했다는 거야."

사천연이 말했다.

"'문지유릉(捫之有棱)'의 대구에서 감정과 풍경은 정말이지 문자로는 표현하기 어려운 것인데, 그가 써냈어!"

도운보가 말했다.

"나는 도대체 이해가 안 되네. 왜 갑자기 『사서오경』까지 생각했을까. 『사서오경』에 나오는 그 좋은 문장들을 왜 사용했을까? 정말이지 대단해!"

모두 그의 말에 웃었다. 윤치원이 말했다.

"기왕 칭찬을 받았으니, 평을 달아주심이 어떠신지?"

사천연과 화철미는 중얼거리며 말했다.

"평을 달자니 쉽지 않군."

갈중영이 갑자기 생각이 떠올랐다.

"내가 하겠네."

즉시 붓과 벼루를 가지고 와서 원고 아래쪽 여백에 행서로 두 줄을 써 내려갔다.

> 물어봅시다. 천지가 개벽하고 난 후부터 지금까지, 이처럼 명쾌하면서도 텅 비어 있는 기이한 문장이 있었던가? 천하의 재자들이 읽으면 모두 눈이 휘둥그레져서 깜짝 놀라며 혀가 오그라들어 입을 다물고 머리를 바닥에 박으며 백배를 하지만, 왜 그러는지를 모르네!

사천연이 먼저 환호했다.

"아주 훌륭해!"

주애인이 말했다.

"이 문장은 김성탄의 『서상기』 평을 베껴 왔구만."

화철미가 말했다.

"베끼는 것도 괜찮지."

도운보가 머리를 끄덕이며 말했다.

"과연 잘 베껴 썼어. 이런 평 외에 더 이상 좋은 평도 없지."

갈중영은 고아백이 옆에 앉아 아무 말도 하지 않는 것을 보고 의아해서 물었다.

"아백 선생은 왜 한 마디도 하지 않나, 설마 윤치원 선생이 못 썼다는 건가?"

"좋아, 왜 좋지 않겠나. 성황묘가 한창 토목공사를 한다고 하던데, 염라왕전의 혀를 뽑아 먹는 지옥이 다 만들어지는 대로 치원 선생을 보내어 맛을 보라고 해야겠어!"

모두 다시 한 번 자리가 떠나갈 듯 웃었다. 윤치원도 웃으며 말했다.

"내기에 졌으니 지금 속이 아픈 거야. 달리 할 말이 없으니 욕지거리로 화풀이하는 거지."

제운수가 말했다.

"아백은 그냥 해본 말이지만 내가 자네에게 몇 마디 하겠네. 대체로 독서인은 보편적인 폐단이 있는데 말이야, 종종 잘 풀리지 않기 때문에 불평을 하지. 불평하기 때문에 허튼소리를 하게 되고, 허튼소리를 하기 때문에 실패하고 결렬되고 마는 거야. 자네는 좀 더 언행을 절제하게. 군자는 모름지기 일을 그르치는 것을 미연에 막아야 하네."

윤치원은 정신이 번쩍 들어 얼굴색을 바꾸고 공수하며 감사의 인사를 올렸다.

그때 방 전체에 수많은 등불이 켜지고, 중앙에는 술자리가 마련되었다. 광동 기녀가 자리에 앉으라고 청했다. 모두 규례대로 데리고 온 기녀 외에 다시 그곳의 기녀들을 불렀다. 기녀들은 각각 북과 판, 비파를 들고 연주하며 광동 곡조로 노래를 불렀다. 광동의 규례는 자리에 앉기 전에 순서대로 끊어지지 않게 노래를 부르는 것이었다. 그러나 고아백은 노래가 귀에 거슬려 부르지 말라고 했다. 자리에 앉은 후 제운수도 더 이상 참지 못하고 한 곡이 끝나기도 전에 그만하라고 했다. 자리에 앉은 사람들은 그제야 평상시처럼 이야기를 나누며 주령놀이를 하였다.

잠시 후, 화철미의 하인 화충이 방으로 들어와서 화철미의 귀에 대고 보고했다.

"도련님은 청화방의 원삼보에게 갔고 조귀리에는 오지 않았습니다."

화철미는 가볍게 머리를 끄덕이고 손소란에게 살짝 알려주며 안심시켰다. 마침 제운수가 그것을 보고 물었다. 철미는 그 기회를 놓치지 않고 자라가 괴롭혔던 일을 말해주었다. 제운수가 말했다.

"그러면 우리 화원으로 오게. 문군과 짝이 되는 것도 좋지 않은가?"

소란이 말을 받았다.

"제가 대인 화원으로 가겠다고 이 사람에게 말했더니 불편할 거라고 하잖아요."

운수가 철미에게 말했다.

"불편하긴! 자네도 같이 오게."

화철미는 손을 꼽으며 말했다.

"오늘은 먼저 이 사람 혼자 가게 하고, 저는 일 때문에 스무날에 가겠습니다."

"그것도 괜찮지."

천연도 스무날에 가겠다고 말했다.

철미는 소란의 일이 해결되자 자신의 일이 생각나서 돌아가려고 했다. 고아백은 화철미의 성격상 따라나서며 친절하게 배웅하는 걸 싫어하는 걸 알기에 그냥 내버려두었다.

화철미가 가고 소란은 혼자 남게 되어 어정쩡하니 난처해졌다. 제운수는 그녀의 이런 모습을 슬그머니 엿보고 나서 말했다.

"이 자리는 원래 밤새도록 이어져야 하지만, 나는 이만 돌아가서 자야겠네."

고아백은 제운수가 마음 가는 대로 움직이는 사람이라는 것을 알기에 이 역시 그냥 하는 대로 내버려두었다.

제운수는 손소란과 소관향을 함께 데리고 사람들에게 작별 인사를 하고 문을 나서 가마에 올랐다. 구불구불 이어진 길을 한 시간 남짓 가자 일립원에 도착했다. 화원의 달빛은 더욱 밝아서 땅에는 꽃과 대나무 그림자가 서로 겹겹이 엉겨 흔들거렸다. 운수는 배월방롱으로 가자고 했다. 일립호의 동북쪽 모퉁이를 돌아 석가산 뒤쪽을 돌아 나오는데, '깔깔깔 낄낄낄' 시끌벅적한 웃음소리가 들려왔다. 그러나 누구의 웃음소리인지 알 수 없었다.

배월방롱의 담벼락에 이르러 가마가 멈추자 운수가 내렸다. 관향은 소란의 손을 잡고 그 뒤를 따르며 대문을 들어섰다. 이화원락의 여자 아이들 십여 명이 이곳 뜰에서 닭싸움이며 재기차기, 술래잡기를 하느라 정신없이 놀고 있었다. 그러다 갑자기 고개를 들고 주인을 보자, 깜짝 놀라며 순식간에 사방으로 사라졌다. 그런데 누군가는 혼자 얼어붙어 꼼짝 못하고 한 손으로는 계수나무를 붙잡고 또 다른 손으로는 허리를 숙이며 신발을 주우며 투덜거렸다.

"도망은 왜 가? 어린 것들이 규율이 없어!"

운수가 달빛 속에서 보니 바로 기관이었다. 운수는 웃으며 앞으로 가서 손을 잡았다.

"우리는 안으로 들어가자."

기관은 두 발자국을 떼다 말고, 돌아서며 다른 계수나무 아래쪽을 보았다. 사람 그림자가 어른거리는데, 누군가가 고개를 빼꼼히 내밀고 있는 것 같았다. 기관이 화를 내며 소리쳤다.

"요관! 어서 나와!"

요관은 그제야 어둠 속에서 대답을 하며 나왔다. 기관은 여전히 그녀를 나무랐다.

"너도 따라 뛰었잖아. 근데 무슨 체면이야!"

요관은 어떤 말도 하지 못했다.

일행은 배월방롱으로 들어갔다. 운수는 조금 피곤하여 작은 탑상에 비스듬히 누워 소란과 편안하게 한담을 나누었다. 자라 이야기를 묻고 나서 위로해주었다. 운수는 소란이 어색하고 불편해 보여 관향에게 말했다.

"자네는 소란 선생과 대관루에 올라가서 방을 보고 없는 게 있으면 하인들에게 준비하라고 하게."

소란은 이 한 마디가 간절했던 터라 관향을 따라 손을 잡고 나섰다.

운수는 주렴 밖에 있는 집사를 불러 각 방 중앙의 가스등 다섯 개만 남겨두고 앞뒤 불은 모두 끄라고 했다. 집사는 일을 마치고 물러났다. 운수는 기관과 요관 두 사람에게 탑상 옆에 앉으라고 하고 자신은 몽롱해져 눈을 붙이고 졸다가 금방 코를 골았다. 기관은 조용히 자리에서 일어나 찻주전자를 옮기려고 잡아보니 뜨거워서 수건으로 쌌다. 요관도 뒤쪽 창문 주렴을 모두 내리고 조용히 물었다.

"담요를 덮어드려야 할까?"

기관은 생각해보더니 손을 저었다. 두 사람은 조용히 마주보고 가만히 있었다. 기관은 앞쪽 유리창 너머로 호수에 비치는 달빛을 감상했다. 요관은 우연히 서랍을 열어 상아로 만든 골패를 찾아 가볍게 타오관[69]을 했다. 기관은 정색을 하며 말렸다. 요관은 못 본 척 하며 몇 장의 골패를 쥐고 입에 갖다 대고 몇 마디 축문을 하고 다시 입김을 불어넣고 들었다. 기관은 요관이 자신의 말을 듣지 않아 화가 나서 패 하나를 가슴 속에 숨겼다. 요관은 다급해져 합장을 하고 절을 하며 웃음으로 애원했다. 그러나 기관은 고개를 돌리고 모르는 체했다. 요관은 달리 방법이 없어 뻔뻔한 얼굴로 기관의 옷 속에 손을 넣어 찾으려고 했다. 기관은 간지러움을 잘 타기 때문에 화난 얼굴을 하고 맞섰다.

두 사람이 손을 잡으려고 하는데, 갑자기 곁문에서 방울소리가 들려왔다. 급히 맞이하러 나가니 소관향과 여자 하인 소청이 들어왔다. 기관은 입을 다문 채 손으로 작은 탑상을 가리켰다. 관향은 그제야 운수가 잠이 들었고 다행히 아직 깨어나지 않았다는 것을 알고, 직접 한 번 돌보는가 싶더니 기관을 돌아보며 당부했다.

"언니[70]가 일이 있다고 나를 부르는데, 너희 둘이 대신 대인 시중을 들어주면 고맙겠어. 나중에 깨어나시면 소청에게 나를 불러오라고 하면 돼."

요관은 옆에서 대답했다. 관향은 말을 마치고 사뿐사뿐 걸어 나갔다. 기관이 소청에게 시중들 필요 없다고 하자 소청은 편안하게 나가 놀 수 있었다.

기관은 자리에 앉아 냉소를 지으며 요관에게 쏘아붙였다.

"너 같은 바보는 본 적이 없어. 아무 말이든 괜한 대답을 하

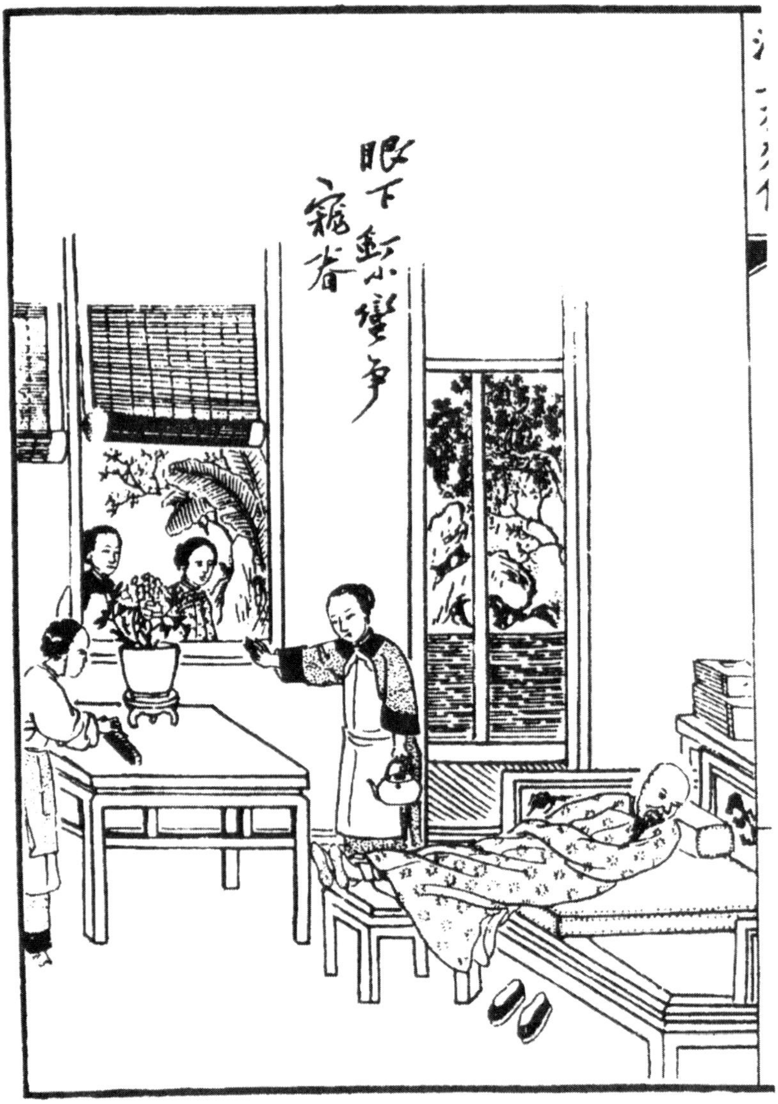

니 말이야!"

요관은 금방 말한 것을 더듬어보고 당황하여 의아해했다.

"아무 말 안 했잖아?"

기관은 '흥' 하고 코웃음을 쳤다.

"너는 그 사람이 데리고 왔다 이거지? 그래서 대신 손님 시중을 들어야 한다는 거잖아. 근데 이게 아무 말이 아니야!"

"그럼 갈게."

기관은 눈을 부릅뜨며 화를 냈다.

"누가 가라고 했어! 대인께서 여기에 앉아 있으라고 하셨잖아. 시중을 들라 말라 그 사람이 할 말은 아니라는 거지."

요관은 그제야 뜻을 알아차렸다. 기관은 또 '흥' '흥' 하고 콧방귀를 뀌며 냉소를 지으며 말했다.

"꼭 대인이 자기만의 대인인 것처럼 말이야. 웃겨 정말!"

이 일장연설로 그만 탑상에서 자고 있는 운수를 까맣게 잊고 말았다. 달변의 혀는 쉼 없이 움직이며 갈수록 목소리가 커져갔다. 마침 운수가 몸을 뒤척이자, 그 둘은 황급히 입을 다물고 가만히 지켜보았다. 움직이는 기척이 없자 기관은 살금살금 탑상으로 다가가서 자고 있는 운수의 얼굴을 보았다. 가는 실처럼 두 눈을 살짝 뜨고 있어 깜짝 놀랐다. 기관은 앞뒤 옷자락과 좌우 소매를 들어 올리고 살금살금 물러났다. 요관도 타오관에 흥미를 잃어 골패를 정리하고 서랍에 도로 넣었다. 그런데 기관이 언제 넣었는지 모르지만 원래대로 모두 서

른두 개였다. 두 사람은 조용히 마주 앉은 채 시간을 보냈다.

밤이 되자, 잠을 푹 잔 운수는 기지개를 켰다. 주렴 밖에서 집사가 일어나는 기척을 듣고 세숫물을 들고 들어왔다. 운수는 얼굴을 닦고 나서 요관이 올리는 양치물로 입을 헹구었다. 기관은 미리 준비한 찻주전자를 들고 먼저 살짝 마셔보았다. 미지근한 게 적당했다. 그래서 찻잔에 반쯤 따라 올렸다. 운수는 한 모금 마시고 돌아보며 물었다.

"관향은 어디 있느냐?"

기관이 못 들은 체했다. 그래서 요관이 대답했다.

"작은 마님께 간다고 했어요."

운수는 집사에게 관향을 불러오라고 했다. 기관은 찻잔을 들고 있다가 그 자리에서 내려놓고 한쪽으로 가서 앉아 바깥쪽으로 몸을 돌렸다. 운수는 차를 마시려고 여러 번 불렀다. 그러나 기관은 꼼짝하지 않고 냉랭하게 대답했다.

"관향이 오면 달라고 하세요. 우리는 서툴고 굼떠서 못 해요."

운수는 껄껄 웃으며 일어나 직접 찻잔을 잡으려고 했다. 요관은 웃음을 머금고 다가가서 대신 차를 따라 올렸다.

운수는 차를 마시고 기관 옆에 앉아 따뜻한 말로 한참을 위로해주었다. 기관은 여전히 눈만 말똥히 뜨고 무표정하게 한마디도 하지 않았다. 운수는 엄숙한 태도로 타일렀다.

"어리석게 굴지 말거라. 관향은 바깥사람이야. 내가 그 사람과 사이가 좋아도 너만 하겠느냐. 너는 계속 여기에 있을 것이고, 관향은 일 년이나 반년 후면 돌아갈 텐데 왜 질투를 하고 그러느냐?"

기관은 그 말을 듣고 큰 소리로 대답했다.

"나리, 왜 없는 것을 지어내세요? 저는 질투가 뭔지도 몰라요!"

운수는 비웃으며 말했다.

"질투를 몰라? 내가 가르쳐주지. 지금 이게 바로 질투라고 하는 거야."

기관은 힘껏 밀어내며 말했다.

"얼른 차 드세요! 관향 왔잖아요!"

운수가 고개를 돌리자 기관은 그 틈에 빠져나가며 요관을 불렀다.

"관향이 왔으니까, 우리는 가자."

운수가 고개를 갸웃하여 유리창 밖을 보니 정말 소관향이 살랑살랑 걸어오고 있었다. 이때다 싶어 내보내려고 말했다.

"모두 자러 가거라. 시간이 늦었다."

요관은 대답을 하며 기관을 좇아서 계단을 내려가다 관향과 마주쳤다. 기관이 관향을 재촉했다.

"선생님, 어서 오세요. 대인께서 기다리고 계세요."

관향은 대답할 여유도 없이 성큼성큼 걸음을 빨리하며 들어갔다. 기관과 요관 두 사람은 천천히 달과 함께 돌아갔다.

1 원문은 천이백여 자로 된 사륙문으로, 윤치원의 '재능'을 드러내고 있다. 그러나 내용이 상당히 외설적이어서 인민문학출판사 판에서는 〈예사〉의 내용을 삭제하였다. 이하 내용은 악록출판사(2005년) 판에 실린 원문을 번역한 것이다.

2 예교에 맞지 않는 남녀의 만남을 말한다.

3 전국(戰國)시대 송옥(宋玉)이 쓴 「등도자호색부(登徒子好色賦)」에 나오는 호색한의 이름인데, 이후 호색한을 지칭하는 대명사가 되었다.

4 고대에 음양이 교합하는 상태를 인온(氤氳)이라고 하였다. 인온사는 인온대사라고도 하는데 혼인을 담당하는 신을 가리킨다.

5 진시황 시대의 인물로, 음경이 큰 것으로 이름나 있다. 여불위(呂不韋)가 그를 환관으로 분장시켜 진시황의 모친에게 바쳤다.

6 장창종(張昌宗, ?~705년)은 태평공주의 추천으로 궁에 들어가 측천무후를 시봉하였고, 그의 형 장역지(張易之)를 측천무후에게 추천하였다. 이 두 사람은 측천무후의 총애를 받았다.

7 699년 측천무후는 여황의 후궁에 해당하는 '공학부'라는 기구를 설치하여 장창종과 그의 형 장역지에게 관리하도록 하였다. 공학부의 관리들은 여황제에게 올리는 '남성의 위로(男性溫存)' 외에도 궁중의 연회를 담당하였다.

8 『장자』「양생주」

9 '청군입옹(請君入甕)'이란 문장을 직역하면 '그대는 항아리 안으로 들어가시지요.'이며, 자기가 정한 법에 자신이 당하게 되는 경우를 의미하는 말로 쓰인다. 이 고사성어는『자치통감(資治通鑑)』「당기(唐紀)」와『조야첨재(朝野僉載)』「주흥(周興)」에 나온다. 측천무후 시대에 악랄하고 잔인한 것으로 악명이 높은 혹리인 내준신(來俊臣)과 주흥(周興)의 이야기이다. 측천무후는 주흥이 구신훈(丘神勛)과 함께 모반을 꾀한다는 밀고를 받고, 내준신에게 조사를 하게 하였다. 그러나 주흥은 쉽게 다룰 수 있는 사람이 아니라는 것을 잘 아는 내준신은 어느 날 일을 핑계로 하여 함께 식사를 하며 주흥에게 "어떤 죄인이 자백하지 않는데, 어떤 방법으로 해야 할까요?"라고 묻자 "아주 쉽지! 큰 항아리를 가져와 불을 피워서 죄인에게 들어가게 하면 왜 자백하지 않겠나."라고 말해주었다.

준신은 이에 큰 항아리를 가져와 주흥의 방법대로 불을 피우게 하고 일어나며 주흥에게 말했다. '누가 주 형을 고발했는데, 이 항아리로 들어가시지요.'라고 했다. 주흥은 두려움에 떨며 죄를 자백하였다고 한다.

10 오대(五代)시기 남한(南韓)의 황음무도한 군주로, 국정은 환관 공징추(龔澄樞)에게 맡겨놓고 주색을 즐겼다고 한다.

11 유장은 페르시아의 젊은 여자를 얻어 첩으로 삼았다. 그들은 다른 사람들의 성교를 구경하기를 즐겼는데, 예쁘고 준수한 용모의 사람들은 후원으로 보내어 나체로 성교하게 하였다. 유장은 이 페르시아 여자와 함께 돌며 이 광경들을 구경하였는데, 이를 '대체쌍'이라고 한다.

12 엄세번(嚴世蕃)이라고 하는 자는 첩이 많았는데, 매일 관계를 가진 후 하얀 비단으로 때를 닦아 숫자를 세었다고 한다. 이를 '음주'라고 한다.

13 오대(五代) 남당(南唐) 화가

14 당대(唐代) 시인으로 악부시에 뛰어났다. 그의 작품 『궁사(宮詞)』 일백 수는 제왕과 궁정의 사치스러운 생활을 묘사하고 있다.

15 삼주수 : 고대전설 속의 진목(珍木)

16 십양화 : 사패(詞牌) 명

17 육박(六博) 즉 고대의 도박놀이이다. 여섯 개의 흰 돌, 여섯 개의 검은 돌로 두 사람이 붙는다.

18 정(鄭)나라의 대부, 영곡(지금의 하남 등봉의 서쪽)을 관리하였다. 『좌전(左傳)』 은공(隱公)11년 기록에 '영고숙은 수레 끌채를 끼고 달려가다.'라는 기록이 있다.

19 생몰 미상. 춘추시기 초나라 장군으로, 명사수로 유명하다. 양유기는 백 보 밖에서 표시된 버들잎을 맞추고, 일곱 겹의 찰갑을 뚫었다고 한다.

20 편불급복(鞭不及腹)은 '채찍이 비록 길지만, 말의 배에 닿지 않는다'는 뜻으로 거리가 상당히 멀고 힘이 미칠 수 없음을 비유한다.

21 피지부존, 모장언부(皮之不存, 毛將焉付)는 '살갗이 없는데, 털이 어떻게 붙어 있겠느냐?'고 하여 사물이 생존할 수 있는 기초를 잃어 존재할 수 없음을 뜻한다.

22 마정방종(摩頂放踵)은 '머리부터 발까지 상처를 닦는다.'고 하여 원래는 수고로움을 마다하지 않고 남을 위한다는 의미이다.

23 서신(기원전 697~622)은 춘추시대 진(晉)나라 정치가이자 교육가이다. 기원전 632년 진나라와 초나라가 중원 패권을 다투어 성복(城濮)에서 전쟁하였는데, 초나라 군대가 우세하였다. 부장군이었던 서신은 초

나라의 우군 진(陳)과 채(蔡)나라의 군대와 맞서야 했는데, 이 두 나라는 전투 말이 많았고, 그 위세가 대단했다. 이에 서신은 수상개화(樹上開花) 계책을 사용하여 호피를 말에 씌워 적의 말들을 위협하여 이 두 나라를 대파하였다고 한다.

24 춘추시대 노나라에 계 씨와 후 씨가 투계를 하는데, 후 씨는 닭의 발톱에 금발톱을 덮어씌웠다고 한다.

25 화원(?~기원전 573)은 춘추시대 송나라 대신이었다.

26 진근보(秦堇父)는 맹손씨의 가신이다. 노나라 명장 적사미, 숙양흘과 함께 노나라 삼대 장군으로 칭해진다. 공자 72 제자 중 한 명이기도 하다. 핍양의 전투에 진근보가 참가했는데, 핍양의 사람들이 성문을 닫았을 때, 성안의 사람들이 긴 천을 성 아래로 내려뜨렸고 진근보가 타고 올라가다 성곽에 도달하자 성안 사람들이 천을 끊어버렸다. 진근보가 땅에 떨어지자 성안 사람들이 다시 천을 내걸었고, 기어 올라갔다 떨어지기를 세 번까지 하자 성안 사람들은 더 이상 천을 내걸지 않았다고 한다.

27 일장일이(一張一弛). 관용과 엄격함을 두루 갖춘 것을 의미한다. 문왕과 무왕이 나라를 다스리는 방법이기도 하였다. 『예기(禮記)』「잡기(雜記) 하」

28 재접재려(再接再厲). 수탉이 싸움을 할 때 먼저 부리를 다듬는다는 뜻으로, 한층 더 분발하다, 더욱더 힘쓰다라는 의미이다. 당(唐) 한유(韓愈)의 『투계련구(鬪鷄聯句)』

29 칠종칠금(七縱七擒). 제갈공명이 적의 장수 맹획을 일곱 번 놓아주고 일곱 번 사로잡았다고 한 데서 유래한 것으로, 상대를 자유자재로 다루는 것을 의미한다. 『삼국지(三國志)』「촉지(蜀志)」

30 십탕십결(十蕩十決). 열 번 돌격하여 열 번 돌파하는 것으로, 백전백승을 의미한다. 『악부(樂府)』「농상가(隴上歌)」

31 왕발은 당대(唐代) 문학가이다. 양형(楊炯), 노조린(盧照鄰), 낙빈왕(駱賓王)과 함께 초당사걸(初唐四傑)로 칭해진다. 대표적인 시로는 「송두소부지임촉주(送杜少府之任蜀州)」 등이 있으며, 대표적인 변려문 작품으로는 『등왕각서(滕王閣序)』 등이 있다. '마당'은 산서성(山西省) 팽택현(彭澤縣) 동북쪽에 위치한 산이다. 배를 탄 왕발은 마당의 바람을 따라 하룻밤 사이에 남창(南昌)에 도착하였다.

32 육손은 삼국시대 오나라 대장이며 손책(孫策)의 사위이다. 일찍이 여봉을 보좌하여 관우(關羽)를 이겨 형주(荊州)를 점령한 바 있다. '어복'은

사천성(四川省) 봉절현(奉節縣) 동쪽에 위치한다. 삼국시대 유비가 오와 전쟁할 때, 여기에서 대패하였다.

33 사(詞)의 격식 명칭인 사패(詞牌) 이름이기도 하며, '맨드라미' 꽃의 다른 이름이기도 하다.

34 바른 길을 버리고 따르지 않다(舍正路而不由)는 『맹자』「이루 상」에 나오는 문장이다. 이후 청대(淸代) 『요재지이(聊齋志異)』「황구랑(黃九郎)」에 '하류를 쫓아 돌아오는 것을 잊고, 바른 길을 버리고 따르지 않는다(從下流而忘返, 舍正路而不由)'라는 문장이 있는데, 동성 성행위를 위해서 추잡하게 행동하며 뉘우침이 없다는 의미이다. 여기서는 비정상적인 성행위를 말한다.

35 삼국시대 대장 여포. '원문 밖 화극을 쏴 맞추다(轅門射戟)'라는 고사이다.

36 하(夏)나라 때 사람으로, 육지에서도 능히 배를 저을 수 있었다고 한다.

37 송대(宋代) 소식(蘇軾)의 시 「제서림벽(題西林壁)」의 '가로 보면 고개로 보이고, 옆으로 보면 봉우리로 보인다(橫看成嶺側成峰).'라는 첫 구절을 그대로 인용하였다.

38 천표(天瓢)는 천신이 비를 내릴 때 사용하는 표주박을 말한다.

39 '번수위운, 복수위우(翻手爲雲,覆手爲雨)'는 변덕이 심하거나 권모술수(權謀術數)를 잘 부리는 것을 비유할 때 사용한다. 그러나 여기서는 운우지정(雲雨之情)을 묘사한 것이라고 할 수 있다.

40 허빈(虛牝)은 빈 계곡, 혹은 쓸모없는 땅을 비유하거나 쓸데없이 낭비하는 것을 의미한다. 빈(牝)은 암컷, 계곡을 의미하고, 모(牡)는 수컷, 구릉을 의미한다.

41 염지우정(染指于鼎)은 원래 솥에 담긴 국에 손가락을 담그는 것을 말하는데, 부당한 이익을 취하는 것을 의미한다. 『좌전(左傳)』과 『사기(史記)』「정세가(鄭世家)」에 나오는 정나라 대부 공자송(公子宋)과 자가(子家)의 이야기이다. 정령공은 대부들과 함께 자라탕을 먹기 위해 대부들을 불러 모았다. 그런데 공자송만 자라탕을 주지 않았다. 자기만 빼놓고 모두들 맛있는 탕을 먹고 있는 모습을 본 공자송은 화가 나서 자라탕을 담은 솥으로 가서 손가락으로 휘젓고, 침을 뱉고 떠나버렸다.

42 육두구과에 속한 활엽교목으로, 잎은 두껍고, 꽃은 황백색으로 꽃잎이 없다.

43 열이부치(涅而不緇)는 염색을 해도 검게 되지 않는다고 하여 열악한 환

경의 영향을 받지 않는다는 의미로 사용된다. 『논어(論語)』「양화(陽貨)」에 "단단하다고 말하지 않겠는가, 갈아도 엷아지지 않으니! 희다고 말하지 않겠는가, 물들여도 검어지지 않으니.(不曰堅乎, 磨而不磷. 不曰白乎, 涅而不緇.)"라는 구절이 있다.

44 찬지미견(鑽之彌堅)은 '뚫을수록 더 견고하다.'라는 의미로, 안연이 스승 공자의 학문을 찬탄하는 내용이다. 『논어(論語)』「자한(子罕)」편에 나온다. '안연이 크게 경탄하며 말했다. 우러러볼수록 더욱 높고 뚫을수록 더욱 견고하며, 앞에 있는 것을 보았는데, 홀연히 뒤에 있구나.(顏淵喟然歎曰 仰之彌高, 鑽之彌堅, 瞻之在前, 忽焉在後.)'

45 이 문장의 전고는 이백(李白)의 「촉도난(蜀道難)」이지만, 더욱 직접적인 전고는 청대(淸代) 포송령의 『요재지이(聊齋志异)』「황구랑(黃九郎)」이다. 이 작품에 '역사만이 새들이 넘나드는 길을 열 수 있다.(人必力士, 鳥道可以生開.)'는 문장이 나오는데, 남성 간의 성관계를 의미한다.

46 고대의 운하로, 지금의 하남성(河南省) 형양시(滎陽市)에 위치한다. 고대에는 황하와 회하(淮河)의 통로였다. 『사기(史記)』「항우본기(項羽本紀)」에 '항우와 유방은 천하를 나누기로 약속하였다. 홍구를 경계로 하여 서쪽은 한(漢)의 땅이 되고 동쪽은 초(楚)의 땅이 되어, 홍구는 초한의 경계가 되었다.'라고 기록하고 있다.

47 온병 치료제이다.

48 나리꽃을 가리킨다.

49 도문대작(屠門大嚼)의 전고는 한(漢) 환담(桓譚) 『신론(新論)』「금도(琴道)」로, '장안의 음악을 들은 사람은 문밖을 나오면 서쪽(장안)을 향해 웃고, 고기의 맛을 아는 사람은 푸줏간을 마주하고 입맛을 다신다.(人聞長安樂, 則出門向西而笑. 知肉味美, 則對屠門而大嚼.)'라고 하였다. 실제 고기를 먹지 않아도, 즉 실현하지 못하더라도 상상만으로도 유쾌하다라는 의미이다.

50 전고는 『공자가어(孔子家語)』「육본(六本)」으로, '착한 사람과 더불어 살면 난초와 지초가 있는 방에 들어가는 것과 같아서 오래 있다 보면 그 향을 맡지 못하고, 악한 사람과 더불어 살면 생선가게에 들어가는 것과 같아서 오래 있다 보면 그 냄새를 맡지 못한다.(與善人居 , 如入蘭芷之室 , 久而不聞其香. 與惡人居 , 如入鮑魚之肆 , 久而不聞其臭.)'는 말이다.

51 당대(唐代) 시인 왕지환(王之渙)의 시「涼州詞」마지막 구절이 '春風不度玉門關'이라 하여 '봄바람이 옥문관을 넘지 못하네.'라고 한다. '옥문관'은 한(漢) 무제가 설치한 관문으로, 지금 감숙성 돈황 서북쪽에 위치하고 있다. 고대의 서역으로 가는 주요 관문이었다.

52 전고는『송사(宋史)』「악비전(嶽飛傳)」에 나오는 악비의 시구이다. '황룡부에 도달하면 그대들과 흠뻑 마시리라(直抵黃龍府, 與諸君痛飲爾).' 황룡부는 지금 길림성 장춘(長春) 농안현(農安縣) 농안고성을 말한다.

53 미려혈은 등마루 뼈끝에 있는 혈로, 미골 끝과 항문 사이에 있다.

54『손자(孫子)』「구지(九地)」에 "시작할 때는 처녀처럼 조용하고 유약해 보여야 적들은 경계를 풀고 전투를 한다. 나중에 도망갈 때는 토끼처럼 신속하게 달아나야 적들은 저항할 수 없다.(是故始如處女, 敵人開戶. 後如脫兎, 敵不及拒.)"라는 기록이 있다.

55 '계수나무꽃 향을 맡았는지(聞木樨香否)'는 북송 황정견(黃庭堅)의 이야기에서 나온 것이다. 황정견이 법을 얻고자 회당선사(晦堂禪師)를 찾아갔을 때, 회당선사가 황정견에게 "그대는 계수나무 향을 맡았는지?"라고 묻자, 황정견이 맡았다고 대답하는 순간 깨달았다고 한다.

56 옥피리를 가지고 놀다.

57『맹자(孟子)』「진심 상」에 '먹여주기만 하고 사랑을 주지 않으면 돼지로 사귀는 것이고, 사랑만하고 공경하지 않으면 짐승으로 대하는 것이다.(食而弗愛, 豕交之也, 愛而不敬, 獸畜之也.)'라는 문장이 있다.

58 수퇴역취(雖䭔亦醉)에서 퇴(䭔)는 흰색가루 떡을 말한다. 애령흠(崖令欽)의 『교방기(教坊記)』에 소오노(蘇五奴)의 아내 장삼랑(張三娘)은 가무에 뛰어나 그녀를 초대하는 자가 있었다. 소오노도 앞서 따라 갔다. 사람들은 그가 빨리 취하기를 바라여 술을 많이 권하였다. 그러자 소오노가 말했다. "저에게 돈만 많이 주십시오. 떡만 먹어도 취하니, 번거로이 술을 마실 필요 없습니다."라는 기록이 있다. 이후에 '떡만 먹어도 취하는' 사람은 돈에 욕심이 많고 부끄러움을 모르는 사람을 의미한다.

59 혼돈(混沌)을 말한다. 하늘과 땅이 나누어지지 않은 태초의 상태를 말하기도 하며, 중국신화에 등장하는 존재로, 얼굴에 눈, 코, 입, 귀가 없었다. 북해의 천제 홀(忽), 남해의 왕 숙(熟)이 매일 혼돈에게 구멍을 하나씩 뚫었는데, 7일 만에 혼돈이 죽어버렸다고 한다.『장자』「내편 응제왕」

60 중국신화에 등장하는 전설의 동물로 몸은 소나, 양이고 뿔은 굽어 있으며 호랑이 이빨을 지녔고, 사람의 얼굴과 손톱을 가지고 있다고 한다. 야만적인 성격에다 엄청난 식욕을 가지고 있어 닥치는 대로 먹어치운다고 한다.

61 궁만은 활모양으로, 허리를 뒤로 젖히는 모양을 말한다.

62 탱장주복(撑腸拄腹). '배가 매우 부르다, 많이 수용하다, 배불리 먹다.'라는 뜻이 있다.

63 청대(淸代) 운생(韻笙)은 강소 상숙 수재이다. 게를 잘 그렸는데, 마치 만지면 모서리가 있는 것 같았다.(號韻笙, 江蘇常熟諸生. 畫善蟹, 恍若捫之有棱). 『서화사휘전(書畫史彙傳)』

64 여진여퇴(旅進旅退) '모두 함께 진격하고 물러난다.'라는 의미로 자기 주장 없이 대세를 따르는 것을 형용한다. 『국어(國語)』「월어 상(越語上)」에 "나는 필부의 용기를 원하지 않는다. 그들은 함께 진격하고 함께 물러나려고 한다.(吾不欲匹夫之勇也, 欲其旅進旅退也.)"라는 말이 있다.

65 유혈표저(血流漂杵)는 『상서(尙書)』에 나온다. 주 무왕과 상 걸왕이 목야에서 전쟁을 벌였다. 걸왕의 앞 부대가 무기를 떨어뜨리고 뒤에 따라오는 부대를 공격하였기에 상나라의 군대는 대패하고 말았다. 죽은 자들의 피가 흘러 강을 이루었고, 옷을 빠는 방망이를 띄울 수 있을 정도였다. 죽은 사람들이 많다는 것을 뜻한다.

66 『좌전(左傳)』「성공2년(成公二年)」에 "여력을 수습하여 성 아래에서 적과 결전하다.(請收合餘燼, 背城借一.)"라는 기록이 있다.

67 『시경(詩經)』「북풍(邶風)」「곡풍(谷風)」에 "순무를 캐고 무를 캐지만 밑뿌리가 다는 아니라오.(采葑采菲, 無以下體)"라는 구절이 있다. 표면에 드러나지 않는 고유한 장점을 치켜세운다는 의미가 있다.

68 동진의 서예가 왕희지가 쓴 「난정집서(蘭亭集序)」를 말한다. 왕희지는 난정이라는 정자에 스물네 명의 문인을 불러 모아 시를 짓는 연회를 열었는데, 이때 지은 시들로 『난정집』이라는 시집을 묶고 그 서문 「난정집서」를 썼다. 또한 「난정집서」의 서체는 행서의 모범으로 알려져 있다.

69 제12회 참고

70 제운수의 첩인 소췌향(蘇萃香)을 말한다.

52

어린 여자 아이는 혼자 빈방에서 지내기가 무섭고, 어진 주인과 손님은 밤새 이야기 나누려고 침상으로 초대하다

小兒女獨宿怯空房 賢主賓長談邀共榻

기관과 요관 두 사람은 배월방롱에서 나와 달빛을 따라 이야기를 나누며 갔다. 요관이 말했다.

"오늘 밤 달이 어젯밤보다 밝네. 어젯밤은 밤새도록 사람들로 북적이더니 오늘 밤에는 한 사람도 없어."

"그 사람들이 달을 감상했다고 할 수 있겠어? 지금 우리처럼 해야 진짜 달 감상이지!"

"우리 내친김에 완연령으로 가서 천심정에 앉아 화원 전체를 구경할까. 그곳에서 달 감상하는 게 제일 좋잖아."

"정말로 달을 보려면 어디로 가야 하는지 알아? 지정당 앞쪽 높은 곳이야. 달과 별을 보는 기구들이 많이 있거든. 어떤

기구는 태양도 볼 수 있어. 보고 나면 많은 걸 알게 될걸. 듣기로 황궁에 있는 관상대와 같은 거라고 하는데 크기가 조금 작을 뿐이래."

"그러면 거기로 가봐. 기구는 사용할 수 없어도 그냥 눈으로 보는 것도 괜찮지."

"손님을 만나도 불편해하지 마."

"손님은 없을걸."

"안 그러면 손소란이 자는지 보러 대관루에 갈까, 그게 좋을 것 같은데."

요관은 좋아하며 '그래, 그래' 하고 동의했다.

두 사람은 이화원락으로 돌아가지 않고 곧장 구곡평교를 건너며 대관루의 유리와 푸른 기와를 비추는 달빛을 바라보았다. 밝은 달빛은 사방으로 차가운 빛을 뿜어내어 희미한 안개를 감싸고 있었다.

누각에 도착했지만 조용했다. 위아래 창문이 모두 잠겨 있고 안은 어두컴컴했다. 다만 서남쪽 모퉁이, 바로 소란이 머물고 있는 방 창문으로 이중 비단 휘장 안에 희미한 등불이 켜져 있는 것처럼 불빛이 새어 나왔다. 두 사람은 사방을 둘러보고 배회하며 안으로는 들어가지 않았다. 기관이 말했다.

"자는 것 같은데."

"우리 불러볼까."

기관은 가만히 있고, 요관이 '소란 선생님' 하고 크게 불렀

小兒女
獨宿
怯空房
海上花列傳
第五十二回
三十二

다. 그러나 이 층에서는 아무런 대답이 없었다. 그런데 비단 휘장에 사람 그림자가 비쳤다. 마치 귀를 기울이고 몰래 엿듣는 모습 같았다. 요관이 다시 한 번 불렀다. 그제야 그 사람은 휘장을 말아 올리며 창문을 열고 아래쪽을 보며 물었다.

"누구세요?"

기관은 그 소리에 바로 손소란인 것을 알고 말을 했다.

"잠깐 보러 왔어요. 잘 거예요?"

소란은 누군지 뚜렷하게 보이자 아주 좋아했다.

"얼른 올라와요. 안 잘 거예요."

요관이 말했다.

"그런데 문이 모두 잠겨 있어요."

"열어줄게요, 잠깐 기다려 봐요."

기관이 말했다.

"괜찮아요. 우리도 자러 가야죠."

소란은 다급하게 손을 내저으며 말했다.

"가지 말아요. 열어줄게요."

요관은 그런 그녀를 보고 기관에게 잠시 기다리자고 했다. 소란과 함께 온 여자 하인이 층마다 문을 열어주며 서양전등으로 두 사람이 올라갈 수 있도록 계단을 비춰주었다. 소란이 그들을 맞이하며 말했다.

"상의할 게 있는데, 두 사람 돌아가지 말고 여기서 자고 가면 안 돼요?"

기관이 의아해하며 그 이유를 묻자 소란이 말했다.

"생각해봐요. 이 대관루에 앞뒤로 방이 얼마나 많아요. 그런데 나와 여자 하인만 덩그러니 있으니 음기가 강해 무서워서 잠을 잘 수가 없어요. 이화원락으로 갈까 생각하고 있었는데, 고맙게도 마침 찾아줬네요. 오늘 밤은 나와 같이 있고 내일 가도 괜찮을 거예요."

요관은 마음대로 할 수 없어 기관에게 어떻게 할 건지 물었다. 기관이 한참 생각해보더니 대답했다.

"우리 두 사람이 여기서 자는 것은 원래라면 괜찮지만 지금은 이전과 달라서 조금 곤란해요. 차라리 우리 쪽으로 가서 이야기 나눠요. 그런데 대접은 조금 소홀할 거예요."

"그쪽으로 가는 게 제일 좋죠. 손님처럼 대하지 말아요."

여자 하인은 등을 입으로 불어 끄고 촛대를 들어 세 사람이 내려가는 길을 비춰주면서 다른 손으로는 층층의 문을 닫고 열쇠고리를 걸어 잠갔다. 기관과 요관은 더 이상 풍경에 눈을 돌리지 않고 소란과 여자 하인을 이끌고 이화원락으로 돌아갔다. 그런데 이화원락의 문이 꼭 잠겨 있었다. 여러 번 두드리자, 할멈이 잠결에 꼬꾸라져가며 겨우 문을 열어주었다. 요관이 다급하게 물었다.

"끓인 물 있어?"

"끓인 물이 있긴요. 지금이 몇 신데요. 화롯불 끈 지 한참 됐어요."

기관이 말했다.

"문을 걸어 잠그고 잠이나 자고 있었으면서 무슨 말이 이렇게 많아!"

할멈은 그제야 입을 다물었다.

네 사람은 어둠 속을 손으로 더듬어가며 이 층 기관의 방으로 갔다. 요관은 성냥을 그어 여자 하인이 들고 온 촛대에 불을 붙이고 소란에게 자리를 안내했다. 기관은 이부자리를 옮겨 침대를 소란에게 내주려고 했다. 소란은 옮기지 말라며 기관과 함께 자자고 했다. 기관은 하는 수 없이 그녀의 말을 따랐다. 요관은 여자 하인을 불러 잠시 바깥쪽 방 탑상에서 좀 쉬라고 했다. 기관은 또 자색 동으로 만든 신선로를 찾아 직접 물을 부어 차를 끓였다. 요관도 여러 가지 광동 간식을 가져와 큰 접시에 담고 소란을 불렀다. 소란은 안절부절 몸 둘 바를 몰라 했다.

세 사람은 등불 아래에서 무릎을 맞대고 둘러앉아 마음속 이야기를 나누다 보니 서로 뜻이 잘 맞았다. 가족관계를 서로 묻는데, 공교롭게도 모두 부모가 없다는 사실에 더욱 동병상련을 느끼게 되었다. 기관이 말했다.

"어릴 때, 아버지 어머니가 안 계셔서 정말 고생했어요! 오빠와 올케는 믿을 수 없으니 어떻게 의지할 수 있었겠어요. 겉으로는 친절하지만 속마음은 완전히 다르잖아요. 아이들이 뭘 알겠어요. 속아도 전혀 모르죠. 아버지 어머니가 살아 계신다면 내가 왜 여기에 왔겠어요!"

소란이 말했다.

"맞는 말이에요. 난 부모님이 돌아가시고 석 달이 지나자, 큰아버지가 나를 속여 백 원에 다른 집 하녀로 팔아버렸어요. 다행히 내가 그 사실을 알고 외삼촌에게 말했더니 외삼촌이 관을 살 돈으로 큰아버지에게 갚고, 난 이 일을 하게 되었어요. 그런데 외삼촌도 아주 나쁜 사람이었어요. 이 일이 조금 잘 되니까 나를 속여 오백을 들고 도망가버렸어요!"

요관은 옆에서 잠잠히 듣고 있다가 눈물을 그렁거렸다. 소란이 그녀를 보며 물었다.

"여기에 온 지 몇 년 됐어요?"

기관이 대신 대답했다.

"이 애는 더 짜증나요! 여기에 왔을 때, 이 애 아버지와 함께 왔었는데, 얘도 그 사람을 '아버지'라고 불렀죠. 그런데 나중에 물어보니까 아버지는 무슨, 뒤에 내가 무슨 아버지냐고 물었더니 계모 애인이었던 거 있죠!"

소란이 말했다.

"그래도 두 사람은 운이 좋아요. 여기에 왔잖아요. 난 팔자가 원래부터 사나운지, 날 도와주는 사람이 아무도 없어요. 큰일이 생겨도 혼자 전전긍긍하고 어느 누구도 나와 상의해주지 않아요. 기분이 안 좋고 가슴이 답답해도 어디 가서 속을 털어놓을 때도 없어요. 마음 맞는 아주머니나 여자 하인 찾는 것도 정말 어려워요."

기관이 말했다.

"그래도 우리들보다 훨씬 좋은 거예요. 우리처럼 둘이서만 말하면 무슨 소용이 있나요? 스스로 먼저 결정할 수 있는 게 아무것도 없는데, 다른 사람을 도와주는 건 애초 말이 안 되죠. 몇 년 뒤에도 우리 두 사람이 여기에 계속 함께 있을지도 모르는 일이기도 하고요."

소란이 말했다.

"이후의 일이야 아무도 모르는데 어떤 결과가 있을지 어떻게 알 수 있겠어요. 별 방법이 없는 것 같아요. 그냥 하루하루 보내며 그때그때 지켜보는 거지요."

요관이 끼어들었다.

"우리들이야 하루하루 지낸다고 하지만, 언니 뒷날은 어느 정도 정해져 있잖아요. 화 나리와도 사이가 아주 좋고, 시집가서 얌전히 복이나 누리면 되는데, 뭐가 아무도 몰라요!"

소란이 크게 웃었다.

"정말 쉽게 말하네요. 사실대로 말하자면 제 대인께서도 잘 해주시잖아요. 그런데 두 사람은 왜 제 대인에게 시집가지 않나요?"

요관이 말했다.

"진지하게 말해요. 삐딱하게 말하지 말아요!"

기관이 고개를 끄덕이며 말했다.

“말이야 바른 말이죠. 어쨌든 여자로 산다는 건, 다들 말 못 할 사정들이 있잖아요. 남들은 몰라요. 자신만 알고 있죠. 그쪽 화 나리도 좋은 분이시겠지만, 완벽하게 마음에 들진 않잖아요. 안 그래요?”

그러자 소란이 맞장구를 쳤다.

“맞는 말이에요. 여기서 오랫동안 지내지 못하는 게 아쉽네요. 여기서 지내면서 같이 이야기 나누면 정말 좋은 텐데 말이죠.”

요관이 말했다.

“그것도 알 수 없지요. 내가 나가는 것도 알 수 없고, 당신이 들어오는 것도 알 수 없어요. 당신이 말한 것처럼 ‘그때그때 지켜보는 거죠.’”

기관이 말했다.

“모두 다 맞는 말이에요. 함께 있든 없든 어쨌든 마음은 한결 좋아진 것 같아요.”

소란이 그 말을 듣고 기뻐하며 말했다.

“우리 세 사람 아예 의자매 맺는 것 어때요?”

요관이 한 마디 덧붙였다.

“좋아요. 자매가 되면 서로 보살펴주기예요.”

기관도 말을 하려는데, 바깥에서 무슨 소리인지 모르겠지만 딸각딸각거리는 소리가 들렸다. 기관은 겁이 많아 손전등을 들고 요관과 함께 밖으로 나가 살펴보았다. 달은 벌써 결채 지붕 너머로 넘어가고, 별빛은 희미해졌다. 사방에서 닭 울음소리가 들려왔지만 이화원락은 조용했다.

두 사람은 각자 한 바퀴 돌고 나서 탑상에서 자고 있는 여자 하인을 흔들어 깨웠다. 그러자 게슴츠레 눈을 뜨며 물었다.

"무슨 일이에요?"

두 사람이 밖에서 소리가 난다고 하자, 여자 하인이 말했다.

"아래층에서 나는 소리네요."

또다시 딸각거리는 소리가 들렸다. 자세히 들어보니 이화원락의 여자 아이가 아래층에서 자다 일어나 소변을 보는 소리였다.

두 사람은 그 아이를 불러 확인하고 나서 그제야 안심하고 방으로 돌아갔다. 그들은 얼른 방문을 잠그고 소란에게 말했다.

"날이 새려고 해요. 자야겠어요."

소란이 그러자고 했다. 요관은 다시 소란에게 차를 대접하고 방을 깨끗하게 치우고 나서 옆방인 자기 방으로 가서 잤다. 기관은 침대에 올라가 다시 얇은 이불 두 개를 폈다. 소란에게 옷을 벗으라고 하고 각자 잠을 잤다.

소란은 잠자리가 바뀌어 이리저리 뒤척이며 잠을 자지 못했다. 기관은 미동도 없이 조용한데 옆방에서는 요관이 새근새근 코 고는 소리가 희미하게 들려왔다. 바로 그때 까마귀 한 마리가 깍깍 울며 지붕 위로 날아갔다. 소란이 휘장을 걷어 슬쩍 내다보니 사방의 유리 창문으로 여명의 빛이 어슴푸레하게 들어오고 있었다. 소란은 기관을 조용히 불렀지만 대답이 없어서 옷을 걸치고 일어나 앉았다. 뜻밖에 기관은 자고 있지 않았다. 눈을 감고 자려고 집중하느라 대답하지 않고 있다가 소란이 일어나는 기척을 듣고 함께 일어나 마주 보고 이야기를 나누었다.

소란이 말했다.

"의자매 맺는 것 좋아요?"

"의자매가 아니어도 잘 챙겨주면 굳이 의자매를 맺을 필요가 없겠지만, 맺으려면 오늘 해요."

"좋아요. 그러면 오늘 해요. 그러면 어떻게 하지요?"

"의자매를 맺는 것은 마음을 맺는 거잖아요. 굳이 술자리를 만들어서 선물을 주는 그런 쓸데없는 형식은 필요 없어요. 향초를 사서 밤에 우리 세 사람만 모여 몇 번 절하면 되죠."

"좋아요. 나도 간단하게 하는 게 좋아요."

날이 밝자, 기관은 대충 머리를 매만지고 침대 가장자리에 걸터앉아 실내화를 신고 침대 뒤로 갔다. 잠시 후 나와 손을 씻고 화장대의 기름등을 껐다. 다시 침대에 올라가서 이불을 밀어내고 앉아 진지한 표정을 하고 소란에게 물었다.

"의자매를 맺으면 식구나 다름없어요. 그러니까 무슨 말이든 해도 돼요. 그러면 먼저 물어볼게요. 내가 볼 때, 화 나리는 괜찮은데 왜 마음에 들지 않아요?"

소란은 한숨부터 쉬었다.

"말도 말아요. 정말 화가 치밀어 올라요! 그 사람에게 무슨 불만이 있는 건 아니에요. 대부분은 그 사람과 잘 맞아요. 그런데 단 하나가 문제예요. 그 사람은 백 가지 일을 하면 꼭 아흔아홉 가지는 실패해요. 조금이라도 책임져야 하는 일은 아예 하려고도 하지 않죠. 그 사람에게 작은 일을 하나 부탁해도 각 방면 전체를 고려하려고 하니까, 중요하지 않은 것도 그렇게 해요. 만약 누구 한 사람이라도 안 좋다고 한 마디 하면, 안 해요. 이런 성격인데 어떻게 나를 데려갈 수 있겠어요? 그 사람이 나를 데려가려고 해도 안 될 일이죠."

"나는 여태까지 선생이 시집가려고 한다면 아주 쉬울 거라고만 생각했어요. 좋아하는 사람이 있으면 그 사람에게 시집가면 된다고, 그것도 본인이 선택해서 말이죠. 지금 화 나리 이야기를 들어보니 정말 어렵네요."

이제는 소란이 물었다.

"나도 물어볼 게 있어요. 두 사람 생각에 시집갈 수 있을 것 같아요, 못 갈 것 같아요?"

기관도 한숨부터 쉬었다.

"우리보다 딱한 경우가 있을까요? 지금 여기에 사람이 없으니 이야기해도 괜찮겠죠. 어렸을 때부터 여기에 있었고 당연히 대인에게 의지하고 있지만 이것도 정말 난감해요. 대인 연세가 예순이 넘었고, 만약 일이라도 생기면 오갈 데 없는 우리 같은

賢主賓長
譚
邀共榻

사람은 어떻게 되겠어요? 그때 시집가려고 생각하면 이미 늦은 거죠!"

"아까 요관이 나가는 것도 알 수 없다고 한 말이 이 뜻이었어요?"

"그 애는 속으로는 훤해요. 그런데 좀 분별력이 없어요. 열네 살이나 먹고도 경중을 전혀 모르니까, 해야 할 말 못 할 말 가리지 않아요. 우리가 어디 가서 이런 말을 하겠어요? 언니니까 다행이죠. 다른 사람이었다면 대인에게 일러줬을 거예요."

기관은 그 말을 하면서 하품을 했다. 소란이 말했다.

"조금 더 잘까요."

"당연히 자야죠."

소란도 침대 뒤로 잠시 갔다가 유리창으로 비춰 들어오는 햇살을 보았다. 아래층에서는 할멈이 일어나 문을 열고 마당을 쓸고 있었다. 일곱 시쯤 되었겠다고 생각했다. 두 사람은 얼른 잠자리에 들었다. 소란이 말했다.

"일어나면 나도 깨워줘요."

"늦게 일어나도 괜찮아요."

두 사람은 피곤하여 어느 새 잠에 빠져들었다.

오후 한 시에 두 사람은 일어났다. 요관은 일어나는 기척을 듣고 들어와 웃으며 말했다.

"오늘 아주 재미있는 이야기를 들었어. 화원의 기녀 두 사람이 도망을 갔다는 거야. 사람들이 떠들고 있다가 나한테까지 말해줬어."

소란은 자기도 모르게 싱긋 웃었다.

기관은 할멈에게 돈을 주며 장부에 올리지 말고 큰 초 한 쌍을 사 오라고 시켰다. 소란도 여자 하인에게 분부했다.

"밥 먹고 나서 집에 한번 다녀와. 돌아오는 길에 또 교공관에 들려서 나리께 무슨 일이 없는지 물어봐."

여자 하인은 할멈과 함께 나갔다. 요관이 다급하게 물었다.

"오늘 의자매 맺을 거예요?"

소란이 고개를 끄덕였다. 기관이 말했다.

"너 말할 때 조심해! 무슨 기녀들이 도망갔다는 거야! 만약 관향이 여기 있었으면 조심하지 않았겠어? 의자매 맺는 것도 관향에게 절대 말하지 마. 관향이 알아 봐. 분명 우리와 같이 의자매를 맺으려고 할걸. 그렇게 되면 재미없어."

요관이 기관의 말을 듣고 그렇다고 대답했다. 그러면서 말했다.

"난 아직 아무 말 안 했어."

소란이 말했다.

"아직 의자매를 맺지 않았으니 말하지 말고, 맺고 나면 괜찮아요. 이건 분명히 바른 일이니까 부끄러울 게 전혀 없어요."

요관은 또 그렇다고 대답했다.

바로 그때, 소관향이 와서 아래층 할멈에게 물었다. 기관은 그 소리를 듣고 얼른 창가로 가서 '선생님' 하고 불렀다. 관향은 올라와서 인사를 하고 소란에게 제대인의 명이라며 점심식사를 청했다. 소란은 곧바로 기관과 요관에게 인사를 하고 관향을 따라 이화원락에서 배월방롱으로 갔다.

제운수는 손소란을 보자 말했다.

"어젯밤에는 그 아이들이 없어져도 전혀 생각을 못했네. 오늘은 관향에게 함께 있으라고 했으니 하룻밤만 지내면 철미가 올 걸세."

소란이 당황해하며 말했다.

"전 괜찮아요. 이화원락이 편해요. 오늘 밤 괜찮으면 다시 그곳에 갈까 합니다."

"그러면 관향과 함께 이화원락으로 가서 말벗이 되는 것도 좋지."

"괜찮아요. 저를 관향 선생과 같이 대해주세요. 대인께서 저를 손님으로 대하시면 여기 있기 미안해서 돌아갈 거예요."

소관향은 이 말을 듣고 운수의 소매를 잡아당겼다.

"당신은 아무것도 모르면서 자꾸 귀찮게 해요! 이화원락은 시끌벅적한데 제가 뭐 하러 가겠어요?"

운수는 웃고 내버려두었다.

잠시 후, 도옥보, 이완방, 주숙인, 주쌍옥 모두 식사를 하지 않겠다는 말을 전해왔다. 고아백, 요문군, 윤치원이 속속 도착했다. 모두 자리에 앉아 간단하게 술을 마셨다. 고아백과 요문군은 숙취 때문에 술을 자제했다. 윤치원은 너무 피곤하여 눈을 비비고 기지개를 켜며 제대로 식사를 하지 못했다. 제운수는 손소란이 술을 한다는 것을 알고 있어서 소관향에게 술을 권하게 했다. 소란은 입술에 적시는 정도만 마시고 잔을 엎으며 사양했다.

식사를 마치자 모두들 물러났다. 윤치원은 방으로 돌아가 쉬고 고아백과 요문군은 발길 닿는 대로 산보를 했다. 손소란도 뜰로 나갔다. 소관향이 유심히 그녀를 보니 이화원락으로 가고 있었다. 관향이 웃으며 제운수에게 말을 할까 하려다 생각을 바꾸어 그냥 입을 다물었다. 운수가 눈치를 채고 물었다.

"할 말 있으면 말해봐."

관향은 임기응변으로 넘기려고 했다. 마침 소청이 관향을 부르러 왔다. 둘째 부인이 수놓을 문양을 그리려고 한다는 것이었다. 관향은 운수를 흘깃 보며 그의 뜻을 살폈다. 운수는 오수를 하려는 참이었다며 관향에게 가도 좋다고 했다.

"기관을 불러올까요?"

운수가 잠시 생각하더니 말했다.

"됐다."

관향은 바깥에 있는 당직 집사에게 주의해서 모시라고 당부하고 소청을 데리고 내원으로 들어갔다.

운수는 오수를 충분히 즐기고 일어나 보니 네 시였다. 그런데 관향이 아직도 돌아오지 않았다. 그래서 어디에 가서 시간을 보낼까 생각하며 혼자 발길 닿는 대로 걷다가 자기도 모르게 일립원의 요문(腰門)을 넘었다. 이 요문은 주택으로 이어져 있었다. 운수는 내원으로 가서 관향을 찾으려고 했으나 갑자기 마용지가 생각이 나서 발길을 서재로 옮겼다. 그곳에서 용지를 만나 청담을 나누며 지루하지 않게 보냈다. 등불을 올릴 때까지 이야기를 나누다 직접 용지와 함께 저녁을 먹고 난 후 작별인사를 하고 내원으로 돌아가려고 하였다. 서재문을 나서는데, 총총히 걸어오는 소관향과 부딪혔다. 그녀는 운수를 보자 큰 소리로 말했다.

"왜 혼자서 이곳까지 오셨어요? 전 당신 찾느라 화원을 몇 바퀴나 돌았는지 몰라요. 숨바꼭질하는 줄 알았어요."

운수는 두어 마디 위로의 말을 하고 관향의 손을 잡고 천천히 걸었다.

요문의 갈림길에서 관향이 대관루로 가자고 운수를 부추겼다. 운수는 그 청을 마지못해 들어주며 다시 화원으로 들어갔다. 도 씨 형제와 주 씨 형제가 머물고 있는 호방을 지나갔다. 담 너머로 보기만 하고 들어가지는 않았다. 구곡평교 가까이 이르자, 관향은 일부러 고개를 돌리며 깜짝 놀라며 말했다.

"달빛인가?"

운수가 보니 이화원락의 창으로 불빛이 새어나와 맞은편 담벼락을 비추어 뜰이 온통 붉었다. 관향이 말했다.

"여기서 뭐 하고들 있는지 모르겠네?"

"마작을 하고 있겠지. 안 그래?"

"우리 가봐요."

"싫어할 텐데 괜히 가서 분위기 흐리지 말게."

관향은 어쩔 수 없이 운수를 따라 대관루로 돌아갔다.

53

강제로 자매화를 연결하여 한데 묶고, 갑자기 비익조를 놀라게 하여 날아가게 하다

強扭合連枝姊妹花 乍驚飛比翼雌雄鳥

제운수는 소관향의 손을 잡고 함께 대관루에 올랐다. 마침 고아백과 요문군이 윤치원의 방에 함께 있어서 인사를 나누었다. 고아백은 가철한 얇은 책을 손에 들고 보려던 참이었다. 제운수는 그 책의 겉표지에 있는 서명을 보고 소찬이 직접 지은 시문(時文)[1] 시첩(試帖)으로 소찬이 특별히 윤치원에게 가르침을 청했던 것이었음을 알았다. 제운수는 이에 윤치원에게 물었다.

"최근에 문장이 나아졌던가?"

"괜찮은 편입니다. 내심[2]이 있어요."

아백이 말했다.

"자네가 「예사외편」으로 그를 가르쳐놓고선 내심이 있다고 하는가. 외심[3]도 있잖아."

고아백의 말에 모두 웃었다. 윤치원이 갑자기 제운수에게 말했다.

"어제 제게 충고해주신 말씀, 감개무량입니다. 다른 사람들은 교묘한 말로 지적하니 신을 신고 발바닥 긁기 식이지만, 대인께서는 증상을 보고 약을 처방하니 오장육부를 한꺼번에 대인께 꺼내 보여드린 것 같습니다."

운수가 말했다.

"난 오히려 자네 「예사」에서 교묘한 말은 느끼지 못했네. 돌무더기가 떨어져 막힌 것같이 답답한 기운이 행간에 막혀 있어서 한 마디 했었네."

아백이 말했다.

"치원의 문장에 있는 교묘한 말이 각고의 공을 들인 것인데, 그를 헤집어놓은 겁니다. 교묘한 말로 지적하는 것은 그 사람이 치원을 모르는 것이며, 게다가 교묘한 말을 모르는 것이라고 할 수 있습니다."

그의 말에 모두들 웃었다.

이쪽에서 웃고 떠들고 있다면, 저쪽에서도 요문군이 눈썹을 추켜올리고 얼굴을 붉혀가며 신이 나서 떠들고 있었다. 소관향은 넋을 놓고 들으며 가끔 맞장구를 칠 뿐이었다. 운수는 마작 이야기를 듣고 문군을 불렀다.

"소란이 마작하고 있을 텐데, 그렇게 좋아하면 한번 가보게."

"마작은 아닐 거예요. 마작이라면 저를 부르지 않을 리가 없죠."

"마작을 잘하는가?"

문군은 입을 실룩이며 웃기만 했다. 그러자 관향이 대답을 했다.

"정말 대단해요. 기관만큼이나 잘해요. 그래서 저는 늘 져요."

아백이 말했다.

"정말 대단하다고 말은 하지만, 난 아직 보지 못했는걸."

문군이 말했다.

"제가 대단하긴요! 대단한 사람은 패를 잘못 두는 걸 안타까워하는 사람이에요."

아백이 말했다.

"그저께 패는 내가 잘못 한 게 아니야. 패가 좋지 않아서 그렇지."

문군이 벌떡 일어나며 소리쳤다.

"잘못 한 게 아니라고요. 패를 가져와서 모두에게 보여줘 봐요."

문군은 그러고는 치원에게 물었다.

"패 어디 있어요?"

치원이 황급히 말리며 말했다.

"됐어, 찾지 마. 어쨌든 자네는 잘못 둔 적 없잖은가."

문군은 그 말을 순순히 듣지 않고 직접 장롱을 열어 마작 상자를 찾으려고 했다. 치원은 거짓말로 둘러댔다.

"장롱에는 패가 없어. 기관에게 빌려주고 아직 돌려받지 못했어."

문군은 하는 수 없이 돌아서며 그 앞에 버티고 서서 하나하나 예를 들어가며 설명했다. 아백이 들고 있는 패 중에 어떤 패가 잘못 됐다면, 어떤 패를 내야 한다며 하나하나 짚어가며 말했다. 그러고 나서 사람들에게 판단을 해달라고 했다. 운수와 관향은 웃고만 있고, 치원은 미간을 찌푸리며 말했다.

"체면 좀 생각하게. 자네들은 늘 싸우기만 하는가. 난 운도 없어. 하필이면 맞은편에 머물고 있으니 자네 두 사람 때문에 시끄러워 죽겠네."

아백도 웃기만 했다. 그런데 문군은 냉랭하게 대답했다.

"당신도 기분 나쁜 걸 알아요? 했던 말 또 하고, 모두들 다 들었던 거잖아요. 좀 신선한 이야기 좀 들려줘 봐요!"

이 말에 치원은 입을 다물고 대답을 하지 못했다. 그러자 아백은 박장대소했다. 운수는 다른 이야기로 어색한 분위기를 없애려고 했다. 문군 또한 더 이상 말을 꺼내지 않았다.

잠시 후 달이 동산 위에 떠올라 나뭇가지 끝에 걸렸다. 모두들 약간 피곤한 기색이어서 운수와 관향은 자리에서 일어나며 작별인사를 했다. 치원은 방문을 나서며 그들을 배웅하고 아백과 문군은 방으로 돌아가는 길에 누각 입구까지 그들을 배웅하였다. 운수는 관향의 손을 잡고 천천히 대관루를 걸어 내려가며 다시 구곡평교를 건너갔다. 저 멀리 등불을 환히 켜놓은 이화원락이 보였다. 다만 바깥의 달빛 때문에 옅고 붉지 않은 불빛이었다.

관향은 다시 운수를 부추겼다.

"마작을 하고 있는지 우리 가봐요."

"그게 뭐가 중요하다고 그러느냐. 내일 소란에게 물어보면 되지."

관향은 더 이상 고집을 피우지 못하고 화원에서 나와 내원으로 돌아가 잠자리에 들었다.

다음 날 아침, 운수가 일어났을 때 바깥에서 화 나리가 왔다는 소식을 전했다. 운수는 화원을 지나 화철미를 배월방롱으로 초대하여 인사를 나누었다. 운수가 먼저 놀리듯 웃으며 말했다.

"오늘 내가 맞춰볼까. 자네가 가장 먼저 도착했을 거야."

화철미는 그 말에 쑥스러워하는 것 같았다. 운수는 집사에게 얼른 손소란 선생을 불러오라고 했다. 잠시 후 도옥보, 주숙인, 고아백, 윤치원과 이완방, 주쌍옥, 요문군, 소관향, 손소란 모두 모였다. 화철미는 인사를 하며 그들을 맞이했다. 손소란은 조용히 '화 나리' 하고 불렀다.

"어제는 바빴어요? 몸은 괜찮아요?"

"괜찮아, 좋아. 어제는 일이 끝나는 대로 널 보러 오려고 했는데 자네 큰언니를 우연히 만나는 바람에 오지 못했다. 샴페인 전해달라고 했는데 받았어?"

"고마워요. 한 번에 다 마실 수 없어서 반은 다른 사람에게 보냈어요."

윤치원은 뒤에서 주숙인에게 손짓을 하며 조용히 웃으며 말했다.

"저 두 사람 예의가 지나친 것 아냐? 아주 오랫동안 못 만난 것처럼 말이야."

고아백이 그 말을 듣고 조용히 웃으며 말했다.

"그건 말과 글로 다 표현하지 못하는 것이지, 예의가 아니라네."

모두 입을 가리고 웃었다.

화철미와 손소란은 비록 떨어져 있었지만 자신들 때문에 웃는 것을 알고 급히 입을 닫았다. 제운수는 안타까워하며 말했다.

"막 흥이 나려는데 다들 웃는 바람에 조용해졌잖아!"

그 말에 모두 웃었다. 화철미는 애써 모르는 척하며 말을 돌렸다.

"치원 선생, 자네 애인은?"

윤치원은 웃으며 말했다.

"아직 안 왔어."

이 말을 끝내기도 전에 도운보가 담여연과 장수영을 데리고 오고, 주애인은 임취분과 임소분을 데리고 왔다. 모두 그들을 맞이하고 따로 인사를 나누지는 않았다. 주애인은 소매 안에서 편지 한 통을 꺼내어 펼치며 제운수에게 올렸다.

운수는 편지 겉봉투를 보고 탕소암이 항주에서 주애인에게 보낸 편지라는 것을 알았다. 편지에는 대략 이런 내용이었다.

> 여전홍은 이미 혼사를 허락하였으며, 특별히 이학정과 우노덕에게 중매를 부탁하였습니다. 스무날 저녁에 기선을 함께 타고 가기로 했으며 하루 뒤에 상해에 도착할 수 있으니, 모든 것은 만나서 의논하기로 합시다. 다만 신랑 측에서도 중매를 한 명 더 청해야 합니다.

운수는 읽고 나서 내려놓으며 물었다.

"누구를 청했나?"

주애인이 말했다.

"도운보를 청했습니다."

"내가 가장 좋아하는 것이 중매인 노릇인데 왜 나를 청하지 않았는가?"

도운보가 말했다.

"저번에 중매를 해주셔서 이번에는 부탁할 수 없었을 겁니다."

이 말에 모두들 웃었다.

주숙인 혼자 넋이 나가 있다가 머뭇거리며 책상 가까이 다가가서 옆에서 그 편지를 살짝 훔쳐보려고 하는데 주애인이 가져가버렸다. 숙인은 심장이 쿵쿵 뛰었지만 내색은 하지 않았다. 그리고 다시 머뭇머뭇 원래 자리로 돌아가 다시 슬쩍 곁눈질로 주쌍옥을 쳐다보았다. 다행히 주쌍옥이 눈치를 채지 못한 것 같아 마음을 놓았다.

이어 집사가 또 아뢰었다.

"갈중영 도련님이 오셨습니다."

갈중영은 오설향과 위하선을 데리고 들어왔다. 제운수가 이상하게 여겼다.

"그런데 자네가 하선을 데려온 건가?"

"아닙니다. 입구에서 하선을 만났습니다."

운수는 순간 오해를 했다는 것을 알고 바로 집사에게 얼른 마용지를 모셔오라고 했다. 윤치원이 운수에게 말했다.

"중매하시는 것을 좋아하시면서 그 애들이 다 컸는데도 왜 중매를 하지 않으십니까?"

도운보가 얼른 끼어들었다.

"중매는 필요 없지. 소리 없이 방에서 큰 초를 켜놓고 절만 하면 되고, 우리는 혼인주만 마시면 되잖아."

모두들 이 말에 방이 떠나갈 듯이 웃었다. 소관향이 앞으로 와서 제운수를 잡아당기며 물었다.

"어제 저녁 소란 선생이 마작 말고 뭘 했는지 아세요?"

"아직 물어보지 않았다."

"제가 물어봤어요. 방에서 큰 초에 불을 켜고 절했다고 하던걸요."

운수는 깜짝 놀랐다. 손소란은 세 사람이 의자매 맺은 일을 자세하게 말해주었다. 운수가 말했다.

"의자매를 맺는 것은 좋은 일인데, 왜 세 사람만 했을까? 하려면 모두 같이 해야지. 그러면 내가 맹주가 되었을 텐데. 어제 저녁은 없던 걸로 하고, 오늘 선생과 아가씨들이 모두 모였으니 다시 의자매 의식을 하는 게 어떤가?"

손소란은 가만히 있었다. 소관향은 손톱을 물며 웃음을 참고 있었다. 다른 사람들은 모두 관심이 없었다.

운수는 곧장 소청에게 기관과 요관을 불러오라고 했다. 고아백이 운수에게 말했다.

"드디어 할 일이 생겼으니 기운이 나시겠습니다. 중매를 할 필요도 없겠어요."

"내가 일이 생겼으니까 자네가 일을 해야지. 자네는 대신 의자매를 맺는 것에 대해 사륙문으로 서문을 짓게. 서문 뒤에 함께 맹세를 하는 의자매 이름을 나란히 적고 한 사람마다 소전(小傳)을 만들어 나이와 외모, 관적, 부모, 누구의 애인인지 애인 이름도 상세히 기록하게. 소관향과 기관, 요관 세 사람은 내 이름을 적으면 돼. 그렇게 해서 '해상군방보(海上群芳譜)'라고 이름을 붙이지. 모두들 어떤가?"

모두들 따르지 않을 이유가 없었다.

운수는 소찬에게 문방사우를 모두 준비하라고 명령했다. 아백은 곧바로 구상에 들어갔다. 마침 일립원 밖에서 사천연이 조이보의 손을 잡고 들어오고, 일립원 안에서는 마용지와 기관, 요관이 나왔다. 그래서 배월롱방에 모두 모이게 되었다. 사람들은 어떻게 의자매를 맺는지, 또 어떻게 소전을 짓는지 서로 알려주기 바빴다. 이에 사천연과 마용지는 '최선을 다해 만들어보겠습니다.'라고 말했다.

모두들 각자 붓과 먹을 쥐고 일필휘지로 적어 내려갔다. 한 시간을 넘기지 않고 소전이 모두 완성되었고 고아백도 사륙문 서문을 탈고했다.

제운수는 윤치원에게 대충 훑어보게 한 다음 소찬에게 주며 해서체로 옮겨 쓰라고 했다. 윤치원이 사람들에게 말했다.

"제법입니다! 아백의 서문이 고아하고 심오하며 화려하다는 것은 말할 필요도 없고, 특히 소전이 읽어볼 만해요. 기관, 요관, 소란, 황취봉은 합전체이고, 조이보와 장수영의 두 소전은 서로 섞어서 지은 글이고, 이완방전은 이수방이 중심이며, 소관향전은 비록 모든 자매를 언급하지는 않았지만 모든 자매가 자연스럽게 드러납니다. 나머지는 말을 기록하였거나 사건을 서술하였거나 혹은 의론을 드러내고 있는데 정말 다양하고 모두 훌륭합니다!"

모두 그 말을 듣고 아주 기뻐했다. 제운수는 더욱 흐뭇했다.

그때는 이미 정오를 알리는 오패(午牌)를 올렸을 때여서, 집사가 탁자와 의자를 정리하였다. 요관은 그 틈에 살짝 기관을 잡아당기며 복도로 나와 물었다.

"대인께서 우리에게 함께 의자매를 맺으라고 하시는데, 그렇게 할 거야?"

"대인께서 말씀하셨으니 당연히 따라야지. 함께 식을 하는 것도 괜찮잖아."

"그러면 우리 세 사람만 한 건 없던 걸로 하는 거야?"

"너 정말 이럴 거야! 뭐가 없던 걸로 하는 거야? 우리 세 사람이 한 건 서로 잘 지내고 챙겨주기 위해 의자매를 맺은 거야. 그냥 좀 더 사이가 좋다는 정도야. 지금 대인께서 우리에게 의자매를 맺으라고 하시지만, 사이가 좋아지든 아니든 모두 우리한테 달렸어. 대인께서는 그런 것에는 관심도 없으셔."

요관은 그제야 얼음이 녹듯 이해를 하고 말없이 고개를 끄덕였다. 방 안에서 자리에 앉는 소리가 들렸다. 두 사람은 다시 몸을 바짝 붙여 슬그머니 주렴 안으로 들어갔다. 제운수는 기관과 요관에게 소관향 옆에 나란히 앉으라고 하였다. 기관과 요관은 여러 사람들 앞에서 손을 무릎에 올리고 고개를 푹 숙이고 움츠리고 있었다.

술이 세 번씩 모두 돌아가고 요리가 두 번씩 새로이 올라왔다. 제운수가 사천연에게 말했다.

"자네 이번에 상해에 올 때 물건을 많이 가져왔지만 하나도 쓸모가 없었네. 자네에게 좋은 물건을 달라고 했는데도 절대 주지 않더군. 지금 자네 송별회를 열어줄 테니 더 이상 예의 차리지 말고 나에게도 좀 줄 수 있겠나?"

천연은 깜짝 놀라며 물었다.

"무슨 물건을 말하십니까?"

운수가 껄껄 웃으며 말했다.

"자네 속에 있는 건 말이야. 조이보한테는 대련을 주고 나에게는 대련을 주지 않고 말이야. 속이는 게 너무 심하지 않은가?"

사천연은 그제야 알아듣고 말했다.

"사방의 벽이 아름다운 물건이어서 붓을 잡을 수 없었습니다. 이번 백부께서 저의 부끄러운 솜씨를 보여달라고 하셔도 어쩔 수 없습니다. 다른 날을 기약하겠습니다."

운수는 공수를 하며 감사의 인사를 했다. 화철미가 송별연에 대해 묻자 사천연이 말했다.

"집에서 보낸 서신을 받아서 월말에 한 번 가봐야 하네."

"그러면 나도 송별연을 열어주겠네."

운수가 말했다.

"자네가 송별연을 열겠다면 갈중영과 함께 아예 스무이레날에 날을 잡고 여기서 하는 게 어떤가?"

"조금 더 일찍 해도 괜찮습니다."

"그건 좀 힘들어. 내일부터 스무나흗날까지 다들 일이 있고, 스무닷새날은 고아백과 윤치원이 송별회를 열고, 스무엿새날에는 도운보와 주애인이 송별회를 열기 때문에 자네와 중영은 어쩔 수 없이 스무이렛날에 해야 하네."

화철미는 갈중영과 그렇게 하자고 정했다. 사천연도 공수를 하며 감사의 인사를 했다.

마침 소찬이 해서체로 옮겨 쓴 『해상군방보』를 제운수에게 올렸다. 운수는 집사에게 지정당에 향안(香案)을 놓도록 분부하였다. 그리고 다시 소찬에게 『해상군방보』를 모두에게 돌리라고 하였다. 갈중영은 『영비경(靈飛經)』[4]의 소해체가 빼어나서 소찬을 한 번 훑어보았다. 고아백이 빙긋이 웃으며 말했다.

"자네 그 사람을 무시하지 말게! 그의 관함이 '찬례(贊禮)의 훌륭한 아들'[5]이고, '무재(茂才)의 뛰어난 제자'[6]라네."

윤치원이 끼어들었다.

"자네는 상대방을 참 잘 비꼬아. 왜 하필이면 나를 끌어들여?"

소찬은 옆에서 피식하고 웃었다. 중영은 전혀 이해를 못했다. 치원이 설명해주었다.

"소찬은 찬례의 아들이어서 사람들이 그를 '소찬'이라고 불러. 항상 시문(詩文)을 지어 나에게 가르침을 청한다네. 아백은 그를 놀리려고 '찬례의 훌륭한 아들'이라는 문장을 내며 대구 문장을 만들라고 했었어. 소찬이 만들지 못하니까 고아백이

'내가 자네 대신 만들어주겠네. 무재의 뛰어난 제자. 어떤가, 잘 맞아떨어지지 않는가?'라고 했다네."

중영은 한 번 소리 내어 읊조리고 나서 말했다.

"정말 잘 맞아떨어지는데!"

소찬은 『해상군방보』를 받아 들고 다른 탁자로 갔다. 윤치원은 조용히 갈중영의 귀에 대고 말했다.

"자네도 봐, 나이가 어려도 아주 건방져! 그의 아버지가 그에게 물었다지. '고 나리께서 낸 문장에 왜 대구를 만들지 않았느냐?' '만들었어요. 윤 나리와 함께 있어서 말하지 않았습니다.' '뭐라고 만들었느냐?' '상서(尙書)의 우아한 문님'[7]이라고 만들었습니다.'라고 했다는군."

중영이 큰 소리로 웃었다.

"왜 '오입쟁이'[8]라고 하지? 아예 대놓고 욕을 했어야지!"

고아백과 윤치원 모두 웃었다.

네 번째 요리가 올라오자 집사는 계항배로 바꾸어 준비했다. 모두 잠시 멈추고 주량을 봐가며 저녁 무렵까지 마음껏 마셨다. 제운수는 강권하지 않았다. 모두들 식사를 하고 자리에 앉아 편히 쉬었다.

이에 제운수는 모든 기녀들에게는 절을 하라 하고, 남자들에게는 맹세를 지켜보라고 하였다. 모두 웃으며 그의 명을 따랐다. 각자 애인의 손을 잡고 배월방롱에서 지정당으로 갔다. 지정당은 상죽으로 엮은 주렴이 높이 말려 올라가 있었다. 지정당 가운데는 양쪽으로 촛불이 타오르고 있고, 향이 피어오르고 있었다. 바닥은 붉은 양탄자가 깔려 있었다. 모두 양쪽으로 서서 의식을 지켜보았다. 소찬은 그 아래에서 이름을 불렀다. 자매들은 나이 순서대로 기러기 행렬로 양쪽으로 서서 일제히 앞을 향해 절을 네 배 하고 다시 돌아서며 서로 마주 보고 절을 네 배 했다. 절을 하고 나자 나이 순대로 호칭을 정하였다. 위하선이 스물셋으로 가장 나이가 많아 '큰언니'가 되었다. 이완방은 열두 살로 가장 어리기 때문에 '열네 번째 동생'이 되었다. 나머지는 다 적을 수 없고 누구 언니, 누구 동생이라 부르며 이름을 붙였다.

제운수는 흐뭇하여 자매가 된 기녀들에게 앞으로 서로 잘 지내며 오늘의 맹세를 잊지 말라고 당부했다. 모든 기녀들은 웃음을 머금고 대답하며 사람들을 따라 지정당에서 내려왔다. 마침 털빛이 붉고 갈기가 검은 월따말이 안장을 얹은 채로 그 아래에서 여물을 씹고 있었다. 요문군은 기예를 뽐내려고 뛰어가서 직접 말안장을 잡고 올라 앉아 활터를 한 바퀴 달렸다. 모두 삼삼오오 흩어져 말을 타고 달리는 그녀를 구경했다.

기관은 그 모습을 보다가 뒤를 돌아보았다. 그런데 제운수가 보이지 않았다. 사방을 둘러보았다. 기관은 제운수가 혼자 서쪽으로 천천히 걸어가는 것이 보여 요관을 살짝 잡아당기며 다른 사람들 몰래 쫓아갔다.

운수는 전혀 눈치를 못 채고 배월방롱 쪽으로 천천히 걸어갔다. 산허리 아래를 넘어가다가 무심코 비껴 내려다보는데 어떤 사람이 쓱 하고 지나갔다. 그도 살금살금 대나무 숲속으로 들어갔다. 제운수는 주숙인이 귀뚜라미를 잡는 줄 알고 다시 살금살금 따라붙어 놀라게 해줄 참이었다. 가까이 다가가서 보니 뒷모습이 뚜렷하게 보였다. 그런데 알고 보니 소찬이 그곳에서 누구에게 애원하는 것처럼 빌고 있었다. 제운수는 걸음을 멈추고 헛기침을 했다. 소찬은 깜짝 놀라 얼굴색이 흙빛으로 바뀌며 손을 가지런히 하고 옆으로 물러나 섰다. 그런데 한 마디도 하지 못했다. 운수가 물었다.

"다른 사람이 있느냐?"

소찬은 더듬거리며 대답했다.

"아, 아무도 없습니다."

요관이 뒤에서 손짓으로 가리켰다.

"무, 무슨!"

운수는 그들이 있을 거라고 예상하지 못하고 깜짝 놀랐다. 기관이 급하게 요관에게 눈짓을 하며 입을 닫으라고 표시했다. 그러나 제운수는 요관에게 꼬치꼬치 물었다.

"무슨 말이냐?"

요관은 어쩔 수 없이 손을 가리켰다. 제운수가 다시 고개를 돌려 앞을 보니 정말 그림자가 일렁이는데, 사람 하나가 꽃과 버드나무 속으로 사라졌다.

제운수는 소찬에게 물러가라고 호통을 쳤다. 그리고 기관과 요관을 데리고 돌계단을 올라갔다. 이곳은 바로 배월방롱의 뒤쪽으로, 산 전체가 계수나무로 울창한 숲을 이루고 있었다. 한가운데에 작은 배 모양 지붕의 세 칸짜리 집이 있는데, '면향오(眠香塢)'라고 하였다. 운수는 안쪽 선실로 들어가 접이의자에 걸터앉았다. 그리고 다시 요관에게 꼬치꼬치 캐물었다.

"누구를 봤느냐?"

요관은 대답하지 않고 기관만 보았다. 운수가 기관에게 물었다. 기관이 대답했다.

"저도 잘 보지는 못했어요."

운수는 기침을 한 번 하고 말했다.

"내가 묻는데, 못할 말이 뭐가 있느냐?"

"우리 화원 사람이 아니니 그냥 내버려두세요."

운수는 잠시 생각해보더니 더 이상 알려고 하지 않고 다시 웃으며 물었다.

"내가 올 때 모두들 말 타는 것을 보고 있어서 몰랐을 텐데 너희 둘은 언제부터 따라왔느냐?"

요관이 말했다.

"모르셨어요? 우리는 계속 따라왔었어요."

기관이 말했다.

"앞만 보고 가시니 뒤에서 대인을 보고 있는 걸 어떻게 아시겠어요."

強扭合連枝
姊妹花
第五十三回
二十九

"네 뒤에서 누가 따라오지는 않더냐?"

요관이 말했다.

"아무도 없었어요."

기관이 말했다.

"있다면 관향이겠죠."

요관이 그 말을 듣고 밖으로 나가 보았다. 운수 역시 일어나 웃으며 기관의 손을 잡고 말했다.

"배월방롱으로 가자."

막 나가려고 걸음을 옮기려는데 갑자기 문밖에서 요관이 큰 소리로 말했다.

"주 도련님이 오셨습니다."

운수는 의아해서 고개를 들고 밖을 내다보았다. 정말로 주숙인 혼자 사뿐사뿐 걸어오고 있었다. 운수는 그를 탑상으로 안내하고 서로 마주보고 앉아 한참을 가만히 있었다. 운수가 말을 붙였다.

"듣기로 전날 '무적장군' 한 마리를 잡았다고 하던데, 정말인가?"

숙인은 얼버무리듯 대충 대답을 하고 더 이상 말을 하지 않았다.

또 한참 지났을까, 숙인은 얼굴색이 약간 붉어지며 그를 흘깃 쳐다보았다. 마치 말을 꺼낼까 말까 고민하는 것 같았다. 제운수는 무슨 영문인지 알 수 없어 기관에게 차를 올리라고 하였다. 기관은 제운수의 뜻을 헤아리고 요관을 데리고 나갔다. 면향오에는 제운수와 주숙인만 남게 되었다.

---

1 당시 유행하는 문체를 뜻하며, 과거 문체의 통칭이기도 하다. 청대에는 팔고문을 가리켰다.

2 內心 : 내면에 잠재되어 있는 마음

3 外心 : 외부로 일탈하는 마음, 터무니없는 생각이다.

4 도교경의 이름이다. 이 책의 소해체가 유명하여 소해체의 교과서로 알려져 있다.

5 찬례(贊禮)는 의식을 진행하는 관직을 가진 사람을 말하며, 그래서 소찬을 찬례의 훌륭한 아들이라고 한 것이다.

6 무재(茂才)는 부현(府縣)에서 치르는 과거시험에 합격한 사람을 말한다. 수재(秀才)라고도 한다. 여기에서는 윤치원을 가리킨다. 그래서 소찬을 윤치원의 뛰어난 제자라고 한 것이다.[일]

7 여기서 상서(尙書)는 각성의 고관을 지칭하는 것으로, 제운수를 가리킨다.[일]

8 기루에 놀러 다니는 유객을 더욱 모욕적으로 지칭하는 말로, 압객(押客)이라고 한다.

54

마음을 저버린 낭군은 애매한 태도로 약혼을 맹세하고, 행동을 잘못한 아녀자는 채찍질로 삼강오륜을 바로잡다

負心郞模棱聯眷屬 失足婦鞭箠整綱常

주숙인은 면향오 안에 아무도 없는 것을 알고 제운수에게 우물쭈물거리며 말을 건넸다.

"형님이 내일 돌아가자고 하는데 무슨 일인지 모르십니까?"

운수가 미소를 지으며 말했다.

"자네 형이 자네 혼사를 정했는데, 몰랐나?"

숙인은 고개를 숙이고 미간을 찌푸리며 대답했다.

"형님은 늘 이런 식입니다!"

운수가 그 말을 듣고 짐짓 놀라며 물었다.

"자네, 정혼한 게 싫으냐?"

"싫은 건 아니지만 지금 당장 급하지 않아서 그렇습니다. 형님께 정혼을 없는 걸로 해달라고 해야겠습니다."

운수는 그의 표정을 살펴보며 마음을 헤아려보고 십중팔구 그 이유를 알았지만 일부러 한번 떠보았다.

"그러면 자네는 어떻게 할 생각인가?"

제운수가 재차 물어보아도 주숙인은 입을 열지 않았다. 운수는 엄정한 말투로 그를 타일렀다.

"이런 이야기는 자네 형에게 하지 말게. 자네 나이에는 당연히 정혼해야 하고, 부모님도 안 계시니 마땅히 자네 형이 혼주 역할을 해야지. 여전홍의 여식과 정혼하게 되었으니 이보다 더 좋을 순 없지 않나. 지금 형에게 고맙다는 말은커녕, 정혼하지 않겠다고 말하려는 모양인데, 괜히 형의 노여움을 사지 말게. 자네도 생각해보게. 중매인도 정해졌고 예물도 갖추어졌는데 형에게 다시 그쪽에 알리라고 할 건가?"

숙인은 아무 말도 하지 않았다. 제운수가 계속 말했다.

"비록 정혼이지만 모두가 만족하면 좋겠지. 불만이 있으면 차라리 털어놓는 것도 괜찮아. 나도 자네를 위해 생각해보겠네. 가장 중요한 것은 정혼이네. 일찍 정혼해서 일찍 맞이하고, 그래서 수쌍옥도 함께 맞이하면 얼마나 좋아?"

숙인은 이 말에 침을 한 번 꿀꺽 삼키고 한참 꾸물대다 또 우물쭈물거리며 말했다.

"주쌍옥은 처음에 형님이 몇 번 불러준 기녀였습니다. 나중에 형님과 함께 술자리에 갔을 때, 쌍옥이 저에게 자신을 아내로 삼겠냐고 물었습니다. 쌍옥의 말이 자신은 좋은 집안 출신에다 올해 기루에 왔고, 아직 어린 기녀라고 했습니다. 자신을 아내로 맞이하겠다고 약속해준다면 두 번째 손님은 없을 거라고 해서 그만 그러겠다고 대답해버렸습니다."

"자네가 주쌍옥을 맞이하는 건 아주 간단해. 그러나 정실부인으로 맞이하는 건 안 될 거야. 도옥보가 이수방을 정실부인으로 맞이하려고 하다가 결국 못한 것처럼 말이야. 자네는 그러지 말게."

숙인은 또 고개를 숙이고 미간을 찌푸리며 말했다.

"지금 조금 난처합니다. 쌍옥의 성격이 너무 강해요. 속신하게 해달라고 하고, 다른 사람과 혼인을 하면 생아편을 먹겠다고 합니다."

운수는 자기도 모르게 껄껄 소리 내며 웃었다.

"괜찮아, 어느 기녀나 다 그렇게 말해. 쌍옥이 하는 말은 들을 필요 없네."

숙인은 부끄러움을 무릅쓰고 마음이 조급해져서 어쩌지 못하고 다시 말했다.

"저도 처음에는 믿지 않았습니다. 그런데 쌍옥은 다른 사람과 비교할 수 없을 정도로, 하는 행동을 보면 그냥 해보는 소리가 아닌 것 같습니다. 만약 잘못 되기라도 하면 좋을 게 없겠지요."

운수는 손사래를 치며 말했다.

"무슨 일이든 내가 보장하겠으니 안심하게."

숙인은 말이 통하지 않아 더 이상 이야기해보아도 도움이 될 게 없다고 생각되었다. 마침 차방의 집사가 차를 올리자 제운수는 찻잔을 건네주었다. 숙인은 한 모금 마시고 작별인사를 했다. 제운수는 그를 배웅하면서 당부를 했다.

"자네 지금 가서 쌍옥에게 알려주게. 형님이 나의 혼사를 정했다고 말이야. 쌍옥이 무슨 말을 하면 형님 핑계를 대게."

숙인은 그냥 되는 대로 대충 대답을 했다.

두 사람은 면향오를 나와 문밖에서 기다리고 있던 기관, 요관과 함께 산을 따라 내려와 헤어졌다. 제운수는 기관과 요관을 데리고 서쪽 배월롱방으로 가고, 주숙인은 혼자 동쪽을 향했다. 그는 속으로 생각했다.

"'풍류의 대교주'로 이름난 대인이 자신과 쌍옥의 일을 성사시키려 하지 않으니 어떻게 하면 좋지? 만약 쌍옥이 알기라도 하면 얼마나 난리를 피울까!"

아무리 생각해봐도 좀처럼 묘안이 떠오르지 않았다. 그렇게 이런저런 생각을 하면서 활터까지 갔다. 말 타는 요문군을 구경하는 사람들은 이미 가고 없고, 지정당에는 두 명의 집사가 향촉을 들고 있었다.

숙인은 다시 되돌아가려고 돌아서는 순간 소관향을 만났다. 소관향은 싱글싱글 웃으며 숙인에게 말했다.

"우리 대인께서는 어디로 가셨을까요. 도련님, 혹시 보셨어요?"

"배월방롱에 계실 겁니다."

"배월방롱에는 안 계셨어요."

"방금 가셨습니다."

관향은 그 말을 듣고 바로 그곳으로 가려고 했다. 숙인은 그녀를 불러 세워 물었다.

"혹시 쌍옥 봤습니까?"

관향은 손짓으로 대답했다.

숙인은 분명하게 들리지 않았지만 손이 가리키는 방향인 호방으로 찾아갔다. 호방의 문을 들어서자 아편냄새가 났다. 그래서 주애인이 그 안에서 아편을 피우고 있는 걸 알았다. 그는 괜히 주애인을 방해하지 않으려고 자신의 침실로 바로 갔다. 정말로 주쌍옥이 그 방에 있었다. 탁자 위에는 여러 개의 자기단지들이 흩어져 있었다. 주쌍옥은 직접 연밥 가루를 귀뚜라미에게 먹이고 있다가 숙인을 보자 신이 나서 내일 어떻게 귀뚜라미들을 집으로 가져갈 것인지를 상의했다.

그러나 숙인은 귀찮고 나른한 기색을 드러냈다. 쌍옥은 잠시 동안 떨어져 있었다는 것이 마음에 걸려 그러는 줄 알고 사랑의 말로 그를 위로해주었다. 숙인은 몇 번이나 그녀에게 그의 정혼 소식을 말하려고 했으나, 번번이 입을 다물고 말을 꺼내지 못했다. 또 만에 하나 여기에서 쌍옥이 소란을 피우면 보기 좋지 않으니 집으로 돌아가서 알려도 늦지 않을 거라는 생각이 들었다. 그래서 원래 하던 대로 억지로 웃으며 이야기를 나누었다.

저녁이 되자 등불을 켜고 연회를 열었다. 악기들 소리가 방을 메우자 제운수는 열렬하게 갈채를 보내고 술잔을 돌리며 흥을 돋우었다. 그리고 『해상군방보』를 꺼내어 여러 자매들에게 찬사를 보내고 나서 소전 뒤에 제목을 달았다. 사람들이 모두 찬사를 했다. 주숙인도 대충 응대를 하고 그럭저럭 그 밤을 넘겼다.

다음 날 오후 마차와 가마가 준비되었다. 마용지, 고아백, 윤치원과 요문군은 그대로 일립원에 머물고, 화철미와 손소란도 남았다. 나머지 사천연, 갈중영, 도운보, 도옥보, 주애인, 주숙인과 조이보, 오설향, 담여연, 이완방, 임소분, 주쌍옥, 위하선, 장수영, 임취분은 작별인사를 했다.

제운수는 도옥보에게 말했다.

"자네는 이수방의 혼을 맞이하기 위해 가는 것이니 내일 끝나는 대로 오게."

"내일은 집에 돌아가고 스무닷새날에 올 생각입니다."

운수는 집에 돌아간다는 말에 더 이상 강요하지 않고 주숙인을 돌아보며 말했다.

"자네는 내일 와야 해."

숙인은 정혼 이야기를 꺼낼까 봐 얼버무리며 대답했다.

모두 일립원을 나서자 각자 흩어져 돌아갔다. 주숙인과 주

負心郎
模稜聯
眷屬
第五十四回
三十六

쌍옥의 마차는 사마로 공양리 입구까지 달렸다. 쌍옥은 숙인에게 말했다.

"시간 되면 오세요."

숙인은 '응, 응' 대답을 하고 아주가 쌍옥을 부축해서 골목으로 들어가는 것을 보고 나서 중화리로 돌아왔다. 주애인은 먼저 집에 도착해서 거실에서 잡무를 안배하고 있었다. 숙인은 할 일이 없어 서재로 가서 답답한 마음으로 앉아 곰곰이 생각했다. 이 일은 쌍옥에게 절대 알리지 말고 숨기다가 나중에 천천히 말해도 되겠다고 생각하였다.

저녁 여섯 시 즈음, 남자 하인이 알렸다.

"탕 나리께서 오셨습니다."

숙인은 밖으로 나가 인사를 했다. 탕소암은 다른 말을 꺼낼 것 없이 먼저 주애인에게 말했다.

"이실부는 우리와 함께 왔네. 아직 배 위에 있어."

주애인은 급히 초대장 세 장과 가마 세 대를 부둣가로 보내어 우노덕, 이실부, 이학정을 초청하고 서공화리의 도운보에게 다시 한 번 더 초대장을 보냈다. 그런데 도운보는 담여연의 집에 있지 않았고, 게다가 어디에 있는지도 알 수 없었다.

주애인은 조급해졌다. 마침 도운보가 찾아와 탕소암을 보고 인사를 했다.

"오랜만이네."

애인은 다급하게 물었다.

"자네 초대하러 갔었는데, 도대체 어디 갔었나?"

운보가 웃으며 말했다.

"동흥리에 있었네."

"동흥리에는 왜?"

운보가 웃으면서 미간을 찌푸리며 말했다.

"옥보 때문이네. 이수방이 가고 나니 이제는 이완방이 왔어. 좀 난처하게 됐어."

"무슨 일인가?"

운보는 한숨부터 쉬었다.

"이수방이 생전에 자기가 죽고 나면 완방을 아내로 맞이하라고 했다는 거야. 지금 이수저가 옥보에게 완방을 보내면서 완방이 좀 더 크면 합방을 하라고 말하더군."

"그것도 좋지."

"누가 알았겠나, 옥보가 원하지 않아. 옥보는 '난 이미 한 번 죄를 지었어요. 다시는 죄를 짓지 않을 겁니다. 만약 완방을 데리고 가면 딸로 삼아 다른 집으로 시집보낼 겁니다.'라고 말하더군."

"그것도 좋지."

"그런데 이수저는 완방이 반드시 옥보의 아내가 되어야 한다는 거야! 수방이 박복하여 옥보에게 시집도 못 가고 죽었으니까 완방은 수방 대신이라는 거지. 만약 완방이 복이 있어서 아들을 낳기만 하면 결국 수방에서부터 시작된 거니까 수방을 생각해주는 사람이 생긴다는 거야."

애인은 그 말을 듣고 고개를 끄덕였다. 탕소암이 끼어들었다.

"모두 맞는 말이지만 정말로 난처하겠네."

도운보가 말했다.

"그래도 다 방법이 있으니까 전혀 걱정할 건 없네."

그런데 이때 갑자기 장수가 붉은 초대장 두 장을 들고 뛰어들어오며 알렸다. 주애인과 주숙인은 황급히 의관을 갖추고 함께 나가 그들을 맞이했다. 우노덕, 이학정 두 사람은 가마에서 내려 거실로 들어왔다. 서로 인사를 나누고 자리를 안내하며 차를 올렸다. 주애인이 이학정에게 물었다.

"자네 숙부는 왜 안 오셨나?"

"숙부님은 약간 편찮으셔서 이번에 치료하러 상해에 오신 겁니다. 초대는 감사히 받았다며 대신 인사를 전해달라고 하셨습니다."

주애인은 우노덕에게 인사를 하고 거실 옆 객실로 안내하며 편히 앉으라고 하였다. 또 도운보와 탕소암 두 사람을 나오라고 하여 인사를 나누고 옆자리에 앉게 했다. 모두 이런저런 이야기를 나누는데 주숙인은 아무 말을 하지 않았다.

잠시 후, 우노덕이 먼저 말을 꺼내어 여전홍의 뜻을 전하고 혼사에 관련된 모든 예법을 상의했다. 주숙인은 그곳에서 조용히 빠져나왔다. 장수는 틈을 타 서재로 와서 특별히 숙인에게 축하인사를 했다. 숙인은 번잡한 일들에 질려서 노기를 띤 눈으로 쳐다보았다. 장수는 흥이 싹 사라져서 멋쩍어하며 나갔다.

저녁에 장수는 술자리 대접을 위해 다시 숙인에게 왔다. 숙인은 하는 수 없이 객실로 가서 주애인을 따라 손님들을 대접했다. 혼사는 이미 상의가 끝난 때라 그 자리에서는 더는 말하지 않았다. 술자리가 끝나자 우노덕, 이학정, 도운보는 축하인사를 하고 작별했다. 주애인과 주숙인은 가마를 타는 데까지 배웅했다. 혼자 남은 탕소암은 본래 절친한 친구이니 융숭한 대접은 필요치 않았다. 숙인은 서재로 돌아와 아무 말 없이 있었다.

이십이 일, 주애인은 택일하느라 바빴다. 숙인은 비록 한가했지만 외출할 엄두를 내지 못했다. 저녁이 되자 누군가가 주애인을 술자리에 초대했다. 숙인은 그제야 공양리 주쌍옥의 집으로 갈 수 있었다.

마침 홍선경이 주쌍주의 방에 있어서 숙인은 인사하러 건너갔다. 숙인은 홍선경에게 조용히 정혼 이야기를 하며 쌍옥에게 알리지 말라고 부탁했다. 선경은 그의 뜻을 헤아려서 숙인이 나가자 쌍주에게 말해주었다. 쌍주는 다시 주란에게 알려서 모든 식구들이 발설하지 않도록 주의하라고 분부했다.

다른 사람은 말을 들었지만, 주쌍보만은 속으로 쾌재를 부르고 소문을 퍼뜨리며 쌍옥을 조롱했다. 마침 쌍주가 그 사실을 알고 방으로 그녀를 불러서 질책했다.

"그래도 말조심 안 해? 요전에 은 물담뱃대 사건 까맣게 잊었어? 쌍옥이 난리를 피우면 너에게도 좋을 게 없잖아!"

쌍보는 감히 대꾸도 못하고 입을 꾹 다물고 일 층으로 내려갔다.

또 하루가 지나갔다. 주란은 쌍보의 방으로 와서 침대 뒤에 있는 가죽 상자를 열고 옷을 꺼내어 살펴보고 열쇠를 그냥 두고 와버렸다. 우연히 아주를 만나 찾아오라고 했다. 아주가 열쇠를 찾고 돌아서는데 쌍보가 붙잡고 조용히 물었다.

"왜 주 도련님께 축하인사 하러 가지 않아?"

아주는 얼른 대답했다.

"쓸데없는 소리 말아요."

"주 도련님의 정혼, 몰라?"

아주는 쌍보가 입이 싸다는 것을 알고 더는 엮이지 않으려고 큰 소리로 말했다.

"얼른 놔요, 엄마 부를 거예요!"

쌍보는 그래도 손을 놓지 않았다. 객실에서 아덕보가 부르는 소리가 들렸다.

"아주, 누가 찾아왔어."

아주가 대답을 하며 물었다.

"누구?"

그 핑계로 쌍보의 손을 뿌리치고 방을 나왔다. 이전에 같이 일했던 여자 하인 대아금이었다. 아주는 잠깐 넋이 나가 있다가 물었다.

"무슨 일이야?"

"그냥, 아주머니 보러 왔어요."

아주는 바삐 뛰어가서 주란에게 열쇠를 건네주고 나왔다. 그리고 대아금의 손을 잡고 기루 모퉁이로 가서 회백색 담장을 마주 보고 이야기를 나누었다. 대아금이 말했다.

"지금은 아예 글렀어요! 왕 나리는 말할 필요 없고, 단골손님 두 분도 오지 않아요. 새로 찾아오는 손님도 없어요. 명절 아래 주는 상여금이 고작 사 원이에요. 나는 조급해 죽겠는데, 선생은 마차 타러 다니고, 공연 보러 다닌다고 아주 신이 났어요!"

"소류아가 잘나가고 있으니까 신이 안 나겠어? 쉬어서 좋아할걸."

"지금이야 쉬어야지요! 작은 집을 세낸다고 하면서 나보고 한 달에 일 원 줄 테니 따라오라고 하는데 절대 안 갈 거예요."

"내가 홍 나리 말씀을 들어보니 왕 나리 댁에 여자 하인이 없다고 하던데, 한번 가볼래?"

"좋아요. 대신 말 좀 해줘요."

"네가 가겠다면 나중에 홍 나리께 다시 여쭤볼게. 내일은 시간이 없으니까, 스무엿새날 두 시에 같이 가봐."

대아금은 약속을 하고 돌아가고 아주도 돌아왔다. 이십오

일 이른 아침, 일립원에서 보내온 국표를 받았다. 아주는 주쌍옥을 따라 나갔다.

다음 날, 아주는 집으로 와서 말을 전했다.

"작은 선생님은 스무여드레날에 돌아온다고 합니다."

주란은 아무 말 하지 않았다. 점심을 먹고 난 잠시 후 대아금이 찾아왔다. 아주와 함께 오마로 왕연생의 공관으로 갔다.

두 사람이 막 대문에 도착했는데 한 젊은이가 허둥지둥 대문을 나와 머리를 숙이고 뛰어갔다. 분명 왕연생의 조카였지만 무슨 일인지 영문을 알 수 없었다. 두 사람은 대문 한쪽만 열고 숨어들어 갔다. 그런데 안은 쥐죽은 듯 조용했다. 응접실에 들어가자 내안이 뒤쪽에서 나왔다. 내안은 두 사람을 보자마자 손을 흔들었다. 마치 들어오지 말라는 뜻 같았다. 두 사람은 하는 수 없이 밖에 서 있었다. 아주가 조용히 물었다.

"왕 나리 계세요?"

내안은 고개를 끄덕였다. 아주가 물었다.

"그런데 무슨 일이에요?"

내안은 바짝 다가와 귀에 대고 이야기해주었다. 바로 그때, 이 층에서 퍽퍽 소리가 나더니 비명소리와 울부짖는 소리로 소란스러워졌다. 두 사람은 비명소리와 울음소리의 주인이 장혜정이라는 것을 알 수 있었다. 그러나 왕연생의 소리는 전혀 들리지 않았다. 우당탕탕 발소리가 들리더니 중간 방으로 뛰어나가는 것 같았다. 퍽퍽, 마치 콩을 흩뿌리는 것 같은 소리가 갈수록 크게 들리고 장혜정은 살려달라고 비명을 질렀다.

아주는 더 이상 보고만 있을 수 없어 내안을 부추기며 말했다.

"어서 말려봐요."

그러나 내안은 겁이 나서 선뜻 나서지 못했다. 갑자기 쿵하고 이 층 바닥이 흔들리고 바닥 틈 사이로 먼지가 떨어졌다. 장혜정이 바닥에 넘어지는 소리였다. 그러나 왕연생은 소리 한 번 내지 않고 두들겨 팼다. 장혜정은 바닥에 이리 뒹굴고 저리 뒹굴었다. 아주는 직접 나서보려고 했지만 조금 불편한 곳이라 그녀 역시 선뜻 이 층으로 올라가지 못했다. 이 층에도 다른 사람이 없어 왕연생은 흠씬 장혜정을 두들겨 팼다. 시간이 지날수록 장혜정은 기력이 점점 달리고 소리도 점점 잦아들었다. 더 이상 피하지도 않고 살려달라고 소리치지도 않았다. 그제야 왕연생은 길게 한숨을 쉬고 손을 멈추고 안쪽 방으로 들어가 버렸다.

아주는 방해가 될까 조용히 내안에게 인사를 하고 나가려고 했다. 대아금은 두 눈을 동그랗게 뜨고 멍하니 있다가 아주가 가는 걸 보고 정신을 차렸다. 두 사람은 손을 잡고 숨어서 대문을 나왔다. 또 이 층에서 장혜정의 핏대 선 목소리가 들려왔다. 그 목소리는 참으로 비참했다. 대아금은 자신도 모르게 한숨을 쉬며 물었다.

"도대체 어떻게 된 거예요?"

"무슨 일이든 상관할 거 없고 우리는 차나 마시러 가."

대아금은 그 말을 듣고 기뻐했다. 그들은 골목을 나와 모퉁이를 돌아 좁은 길을 따라 사마로 화중회에 도착하여 이 층으로 바로 올라갔다. 마침 장이 서는 때라, 차 마시러 왕래하는 무리들로 아주 시끌벅적했다. 두 사람은 길가 쪽 탁자를 골라 앉았다. 차를 시켜놓고 천천히 마시며 이야기를 나누었다. 아주가 웃으며 말했다.

"왕 나리가 좋은 사람이라고 평들을 하지만 지금 보니 작은 마누라를 패기까지 하고 말이야. 정말 이상해!"

"우리 선생은 왕 나리와 사이가 좋을 때 시집갔으면 좋았을 텐데. 만약 그랬다면 왕 나리가 때리기야 했겠어요?"

"심소홍이 여염집 사람처럼 하면 좀 더 잘 놀 수 있을 텐데 말이야!

대아금이 크게 한숨을 쉬며 말했다.

"우리 선생은 정말이지 잘못했어요. 오죽하면 왕 나리가 장혜정을 데려갔겠어요. 상해에서 첫째, 둘째로 손꼽히는 최고의 기녀가 지금은 이렇게 되어버렸으니!"

아주가 냉소를 지으며 말했다.

"그렇다고 지금 영 끝난 건 아니지."

이때, 종업원이 와서 뜨거운 물을 부어주었다. 손에는 동전 일 각을 쥐고서 안쪽 탁자를 가리키며 말했다.

"찻값은 됐어요. 저쪽에서 지불했어요."

두 사람은 목을 빼고 보았다. 탁자에는 네 사람이 앉아 있었다. 대아금은 전혀 모르는 사람들이었다. 아주는 안면이 조금 있다 싶었는데 일립원에서 두어 번 본 적이 있는 것 같았다. 그 사람들 중 젊은 사람이 조이보의 오빠 조박재였다. 박재는 널찍한 마고자를 입고 있고 그 기개가 범상치 않아 보였다. 그래서 아주는 부르지 못하고 웃음을 띠고 고개를 끄덕였다.

잠시 후, 조박재는 웃으며 그쪽 탁자 옆으로 건너왔다. 아주는 그에게 자리를 내주고 물담뱃대를 건네주었다. 박재는 대아금을 한 번 훑어보고 아주에게 말을 붙였다.

"선생은 산가원에 있을 텐데 어떻게 돌아왔어요?"

"지금 곧 갈 거예요."

박재는 대아금에게 말문을 돌렸다.

"누구 따라다녀요?"

대아금은 심소홍이라고 말했다. 그러자 아주가 끼어들었다.

"지금 일자리를 찾고 있어요. 혹시 여자 하인이 필요한 집 없을까요? 추천 좀 해줘요."

박재는 깜짝 놀라며 말했다.

"서공화리에 있는 장수영이 여자 하인 한 명을 더 쓰려고 하던데, 돌아오면 대신 한 번 물어볼게요."

아주가 말했다.

"아주 잘 됐네요. 고마워요."

박재는 대아금의 이름을 정확하게 묻고 이십구 일에 소식을 전해주겠다고 약속했다. 아주는 대아금에게 말했다.

"그러면 너는 며칠만 기다리고 있어. 장수영 쪽에서 필요하지 않으면 다시 왕 나리께 가보자."

잠시 후 날이 어둑해지려고 하자 아주와 대아금은 나가려고 안쪽으로 가서 박재에게 인사를 했다. 박재도 세 친구와 일어나려는 참이어서 같이 화중회 차루에서 내려와 각자의 길로 갔다. (6권에 계속)

지은이 **한방경(韓邦慶, 1856~1894)**

송강부 누현(松江府 婁縣, 지금의 상하이)에서 출생하였으며, 부친 한종문(韓宗文, 1819~?)이 형부주사(刑部主事) 직책을 맡게 되어 유년 시절을 베이징에서 보냈다. 1876년 전후 고향 누현으로 돌아와 수재(秀才)가 되었으나, 이후 1885년 난징 향시에 낙방하였다. 1887년부터 1890년까지 『신보』에서 편집자 및 논설 기고자로 생활하였다. 1891년 베이징 향시에 낙방한 후 다시 상하이로 돌아와 1892년 2월에 중국 최초 문예 잡지 『해상기서』를 간행하여 『해상화열전』을 연재하였다. 1894년 초봄 64회 석인본 『해상화열전』을 출판한 후 오래지 않아 병을 얻어 39세의 나이로 세상을 떠났다.

옮긴이 **김영옥**

부산대학교 중어중문학과에서 「『해상화열전』 연구」로 박사학위를 취득하였다. 인제대, 동의대, 동아대학교 등에서 시간강사를 역임하였으며, 현재 부산대학교 중어중문학과 조교로 재직하고 있다. 논문으로 「영화 〈해상화〉와 소설 『해상화열전』의 서사구조 비교」, 「한방경 단편소설의 근대적 불교서사 탐색-「환희불」을 중심으로」 등이 있다.

:: 산지니 · 해피북미디어가 펴낸 큰글씨책 ::

문학

해상화열전(전6권) 한방경 지음 · 김영옥 옮김
유산(전2권) 박정선 장편소설
신불산(전2권) 안재성 지음
나의 아버지 박판수(전2권) 안재성 지음
나는 장성택입니다(전2권) 정광모 소설집
우리들, 킴(전2권) 황은덕 소설집
거기서, 도란도란(전2권) 이상섭 팩션집
*2018 이주홍문학상 선정도서

폭식광대 권리 소설집
생각하는 사람들(전2권) 정영선 장편소설
삼겹살(전2권) 정형남 장편소설
1980(전2권) 노재열 장편소설
물의 시간(전2권) 정영선 장편소설
나는 나(전2권) 가네코 후미코 옥중수기
토스쿠(전2권) 정광모 장편소설
*2016 세종도서 문학나눔 선정도서

가을의 유머 박정선 장편소설
붉은 등, 닫힌 문, 출구 없음(전2권)
김비 장편소설

편지 정태규 창작집
*2015 세종도서 문학나눔 선정도서

진경산수 정형남 소설집
노루똥 정형남 소설집
유마도(전2권) 강남주 장편소설
*2018 대한출판문화협회 청소년도서

레드 아일랜드(전2권) 김유철 장편소설
화염의 탑(전2권)
후루카와 가오루 지음 | 조정민 옮김

감꽃 떨어질 때(전2권) 정형남 장편소설
*2014 세종도서 문학나눔 선정도서

칼춤(전2권) 김춘복 장편소설

목화-소설 문익점(전2권) 표성흠 장편소설
*2014 세종도서 문학나눔 선정도서

번개와 천둥(전2권) 이규정 장편소설
*2015 부산문화재단 우수도서

밤의 눈(전2권) 조갑상 장편소설
*제28회 만해문학상 수상작

사할린(전5권) 이규정 현장취재 장편소설
테하차피의 달 조갑상 소설집
*2011 이주홍문학상 수상도서

무위능력 김종목 시조집
*2016 부산문화재단 올해의 문학 선정도서

금정산을 보냈다 최영철 시집
*2015 원북원부산 선정도서

인문

효 사상과 불교 도웅스님 지음
지역에서 행복하게 출판하기 강수걸 외 지음
재미있는 사찰이야기 한정갑 지음
귀농, 참 좋다 장병윤 지음
당당한 안녕-죽음을 배우다 이기숙 지음
모녀5세대 이기숙 지음
한 권으로 읽는 중국문화
공봉진 · 이강인 · 조윤경 지음
*2010 문화체육관광부 우수학술도서

차의 책 The Book of Tea
오카쿠라 텐신 지음 | 정천구 옮김

불교(佛敎)와 마음 황정원 지음
논어, 그 일상의 정치(전5권) 정천구 지음
중용, 어울림의 길(전3권) 정천구 지음
맹자, 시대를 찌르다(전5권) 정천구 지음
한비자, 난세의 통치학(전5권) 정천구 지음
대학, 정치를 배우다(전4권) 정천구 지음